ENTRE DOIS MUNDOS

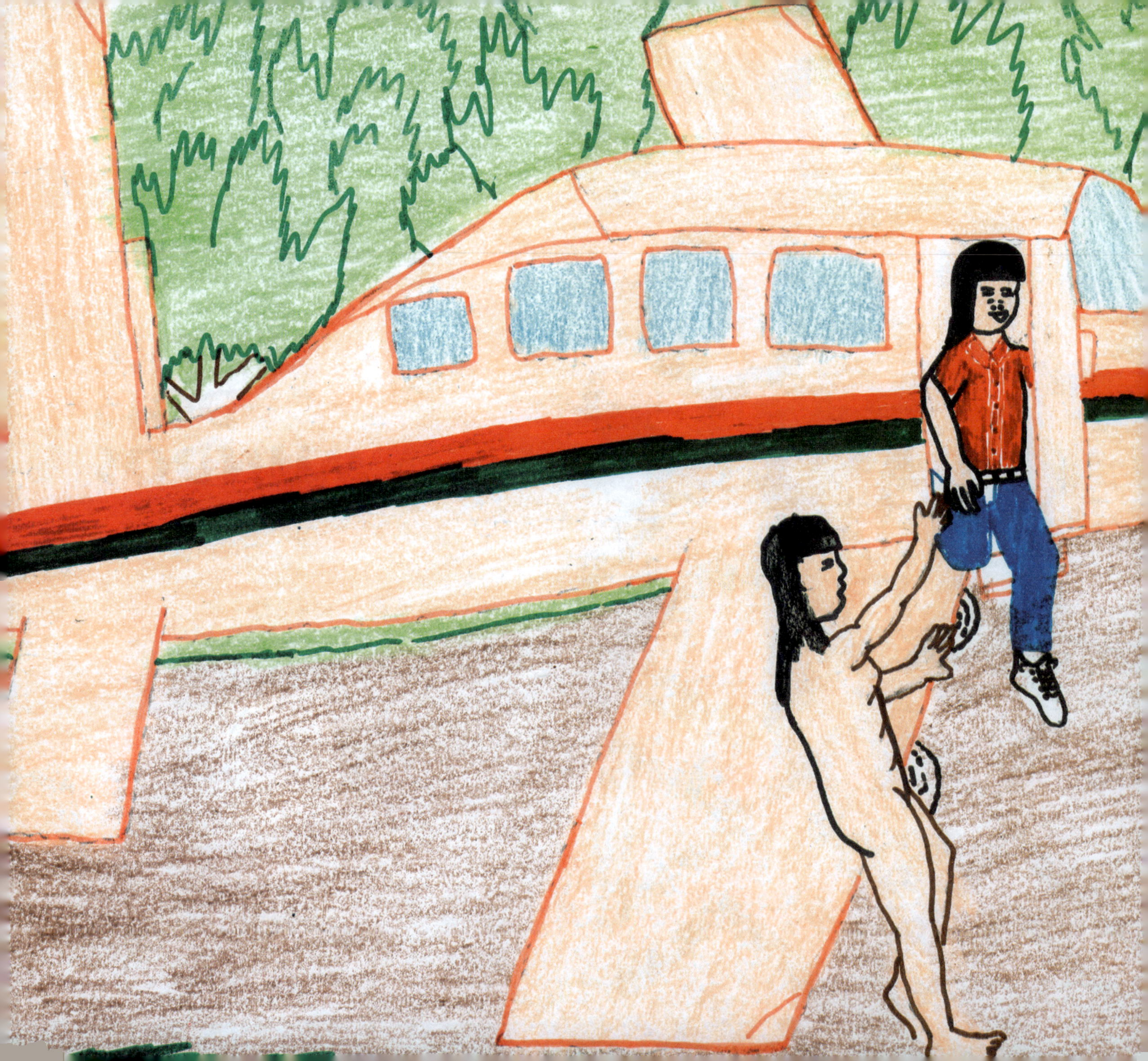

Angela Pappiani

ENTRE DOIS MUNDOS

Ilustrações:
desenhos das crianças
Xavante de Etenhiritipá

NOVALEXANDRIA

© Copyright, 2010, Angela Pappiani

Todos os direitos reservados.
Editora Nova Alexandria
Avenida Dom Pedro I, 840
01552-000 São Paulo SP
Fone/fax: (11) 2215-6252
E-mail: novaalexandria@novaalexandria.com.br
Site: www.novaalexandria.com.br

Preparação de originais: Mustafa Yazbek
Revisão: Marco Haurélio e Thiago Lins
Capa: Antônio Kehl sobre ilustração de Pepe
Diagramação: Antonio Kehl

Créditos das ilustrações

Elizeu (págs. 2, 3, 25 e 66)

Leonardo Sere Õwa (págs. 12, 13, 26, 45, 46, 48, 49, 50, 51, 52, 53, 54, 62, 72 e 78)

Lourenço Tõmosu Xavante (págs. 16, 17, 19, 20, 21, 23, 38, 39, 44 e 45)

Renê (pág. 60)

Lourenço Tõmosu Xavante e Elizeu (pág. 24)

Prepe (págs. 27, 28, 30, 31, 39, 70, 71 e 81)

Nilo Sereräruiwe Supretaprã (págs. 32, 33, 34, 36, 37, 56, 57 e 58)

Dados para Catalogação

Pappiani, Angela
    Entre dois mundos / Angela Pappiani. /desenhos das crianças Xavante de Etenhiritipá - São Paulo : Nova Alexandria, 2010.
    88 p. : il. -

    ISBN: 978-85-7492-226-3

    1. Romance infantojuvenil - Ficção. 2. Literatura infantil e juvenil brasileira. I. Título. II. Série.

CDD: 869.3B

Índice sistemático para catalogação
027- Bibliotecas gerais
027.7 - Bibliotecas universitárias
028 - Leitura. Meios de difusão da informação

Em conformidade com a nova ortografia.

Nenhuma parte deste livro pode ser reproduzida sem a autorização expressa da Editora.

SUMÁRIO

Primeiras Palavras	9
Uma noite fria	13
No tempo de antigamente	17
O novo dia	27
Revelação	33
A partida	39
O novo mundo	45
Vida nova	53
É assim	57
Visita à aldeia	63
Oi'ó	67
Novo ciclo	73
Viagem de volta	79
O povo Xavante	85

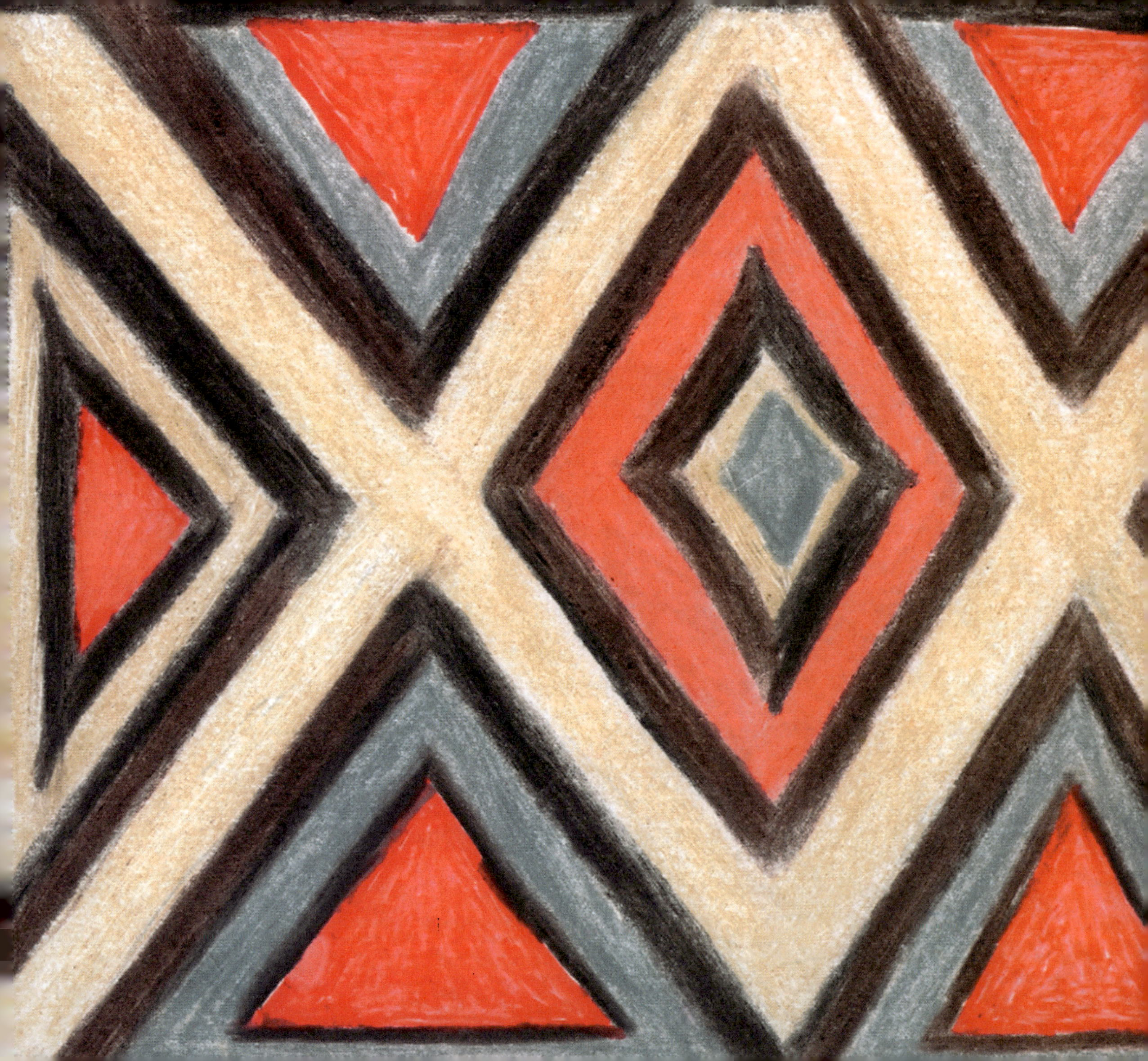

Para Maíra e Inimá, minhas filhas que cresceram também convivendo com essas pessoas, e para Siá e Moa, meus netos, que, espero, possam conhecer logo Etenhiritipá.

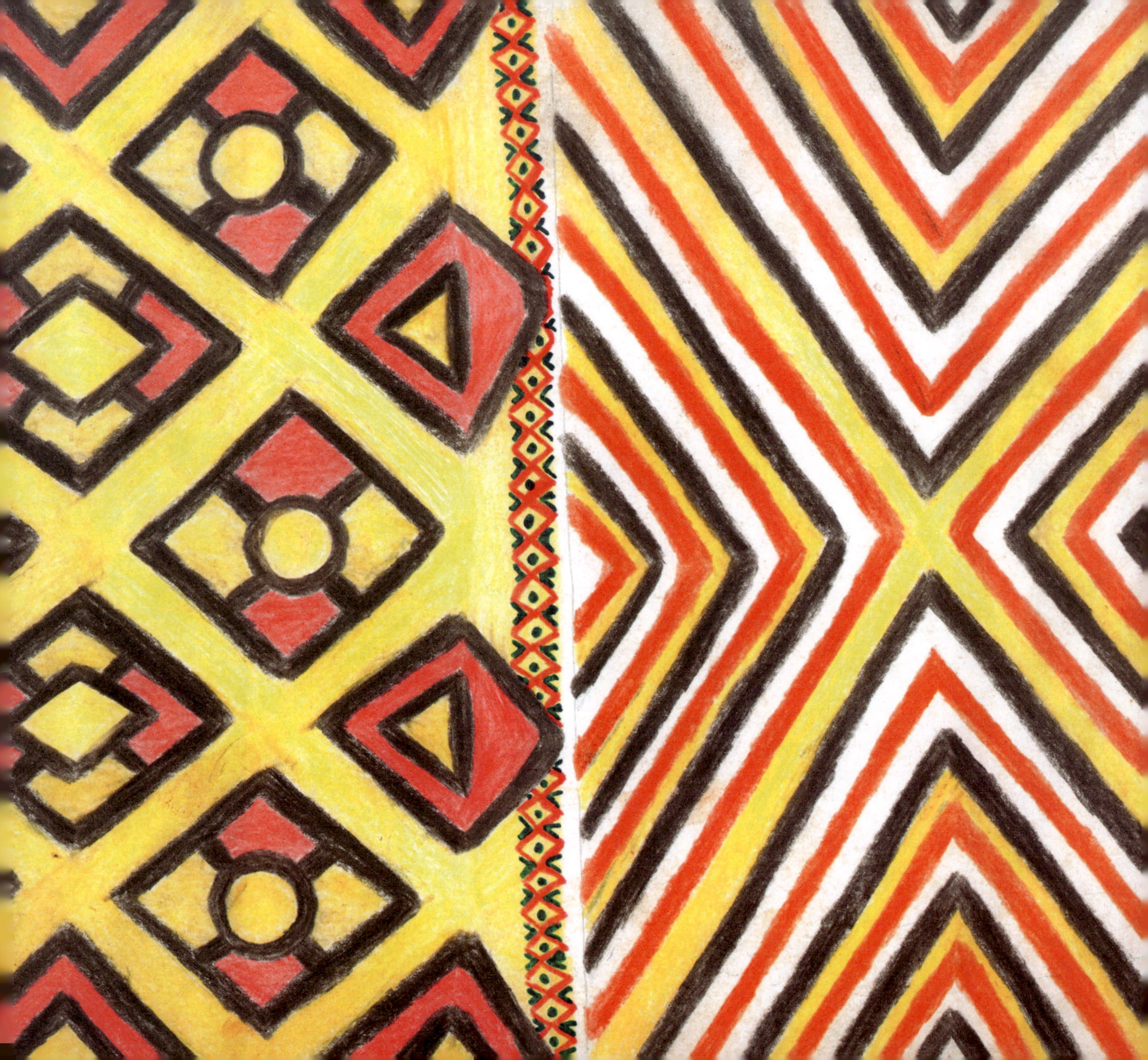

PRIMEIRAS PALAVRAS

Conheci o povo Xavante de Pimentel Barbosa (MT) em 1985 e, a partir daí, minha história de vida esteve muito ligada a esse lugar e às pessoas dessa aldeia. São muitos anos de convivência e profunda amizade. Fizemos muitos projetos juntos: um CD de músicas, um livro com as narrativas dos velhos, dois documentários, muitas apresentações de canto e dança ritual, viagens pelo Brasil e para outros países.

Foi um tempo de muito aprendizado que me fez enxergar o mundo de uma forma diferente. Tenho profunda admiração e muito amor por essas pessoas e por esse lugar especial do mundo, que se chama Etenhiritipá, na língua Xavante.

Sinto-me privilegiada por ter compartilhado com eles momentos de muita alegria, de descobertas, de provações, de superação. Por ter recebido um nome Xavante e ter acompanhado o nascimento e a formação de muitos meninos que hoje são pais, transmitindo para seus filhos a tradição herdada.

Este livro é para compartilhar com as crianças e jovens da cidade um pouco do que aprendi com o povo Xavante. Para que as pessoas nas cidades possam entender que esses guerreiros têm um jeito totalmente diferente de viver e de ver o mundo. Que devem ser compreendidos e respeitados em suas diferenças e anseios. Que nós, povo brasileiro, podemos ser seus amigos e aliados, construindo, com a troca, um mundo melhor, de amizade e convivência pacífica entre os diferentes.

A história que conto aqui é uma história ao mesmo tempo fictícia e verdadeira.

O grande chefe Ahopowen, que ficou conhecido como Apoena, foi um importante líder do povo Xavante, que conduziu o processo de contato com os brancos no final da década de 1940. Ele acreditava que somente com a pacificação dos invasores o povo A'uwê Uptabi – o povo verdadeiro, como se autodenominam – poderia se manter vivo e dentro de sua tradição.

Ahopowen era um homem sábio, com visão política e estratégica. Conseguiu manter o povo de sua aldeia unido e forte, mesmo depois do contato com os brancos. Na terra indígena Pimentel Barbosa, o povo Xavante assumiu seu destino, sem a presença de missionários e de agentes do governo, preservando seu modo de vida.

Na década de 1970, sentindo novamente a ameaça a seu território e cultura, Ahopowen e os outros velhos da aldeia escolheram cuidadosamente entre seus netos e sobrinhos oito meninos que foram entregues a famílias de amigos na cidade de Ribeirão Preto (SP).

Esses meninos tinham uma importante missão: aprender português e o pensamento dos brancos. Assim, com esse conhecimento, deveriam regressar à aldeia e trabalhar na defesa do território e da tradição de seu povo.

Essa missão foi cumprida com coragem e bravura. Como verdadeiros guerreiros, esses garotos enfrentaram toda a dor e os desafios dessa jornada, regressando para suas casas e cumprindo um importante papel na história do povo Xavante da Terra Indígena Pimentel Barbosa.

Esta história traz as trajetórias desses meninos que foram para a cidade reunidas num único personagem, Sereru, que é a síntese dessa saga do povo Xavante.

Ané si! É assim!

Angela Pappiani

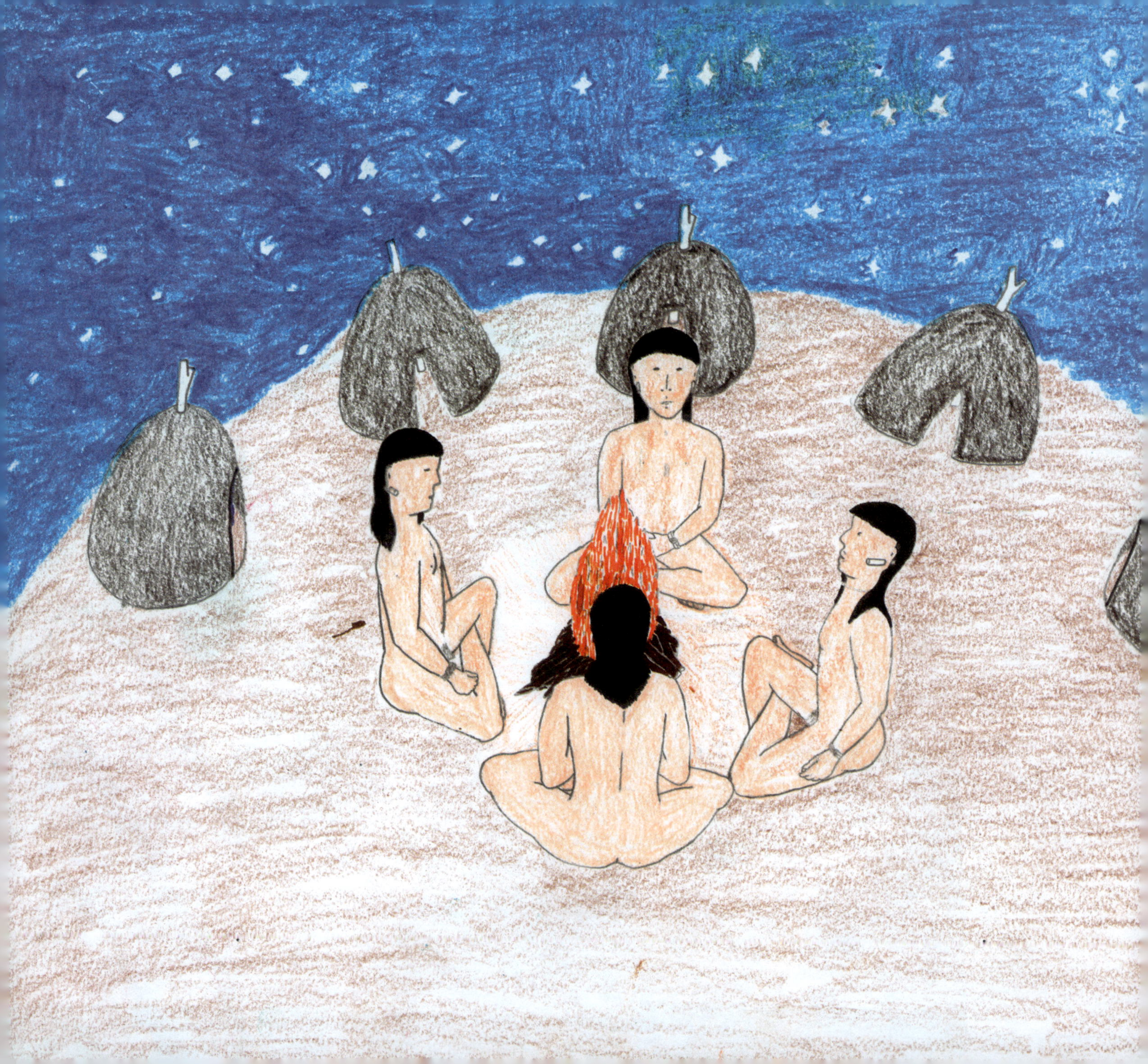

UMA NOITE FRIA

Sereru abriu os olhos. A casa estava escura na noite fria de julho. Apenas algumas sombras se projetavam nas paredes de palha quando o foguinho, aceso no centro da casa, se movia e estalava. Ele acordou com o som das vozes do pai e da mãe conversando baixinho.

Na cama grande, feita com pranchas de madeira suspensas, com esteiras recobrindo as folhas macias da palmeira de buriti[1], estavam os pais e os irmãos menores, todos juntinhos e encolhidos, tentando se aquecer melhor.

Do outro lado da casa circular, os avós maternos dormiam e roncavam, como sempre. A tia, irmã de sua mãe, dividia outra cama com o esposo e os filhos.

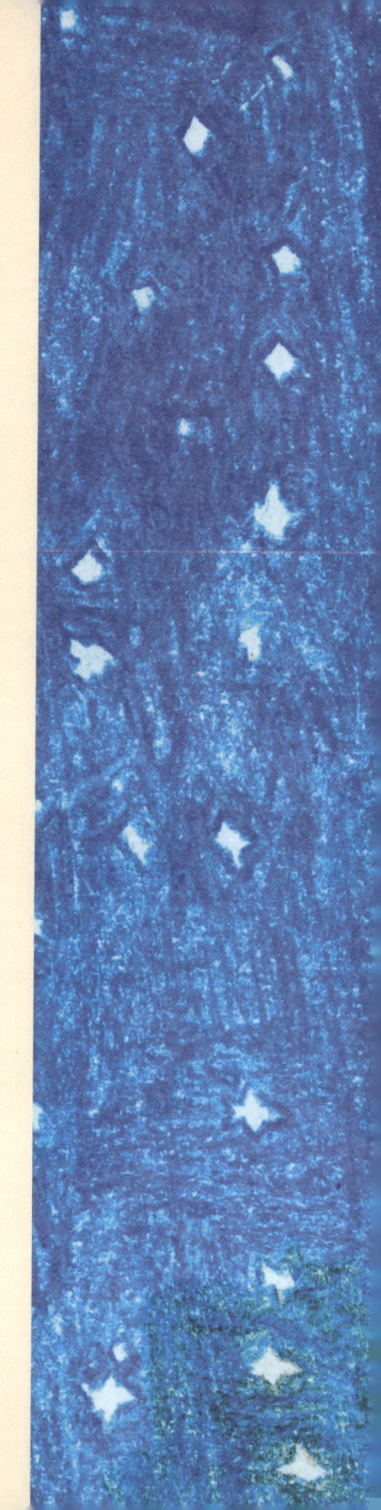

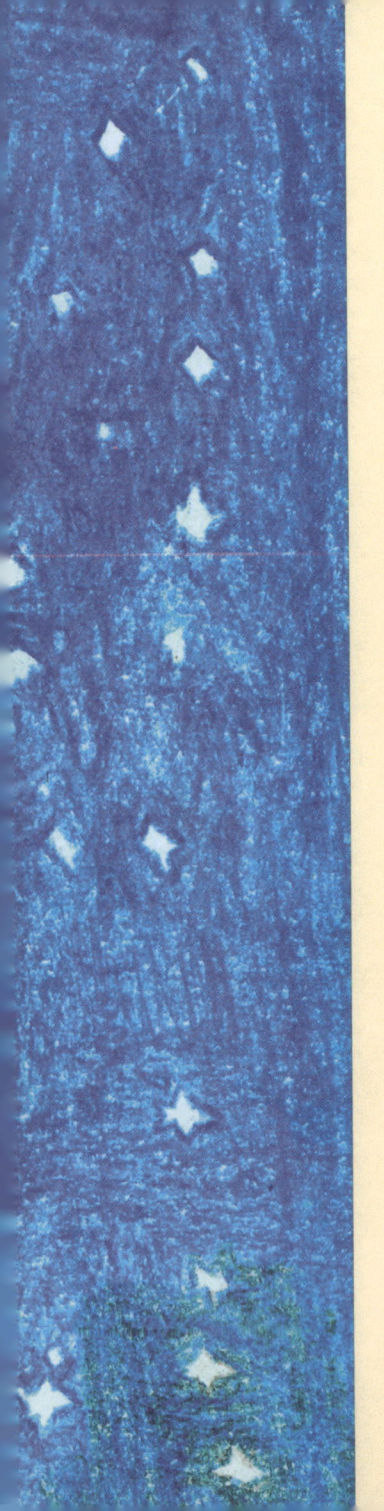

Ele ficou atento à conversa. Estava curioso. O som do canto dos *wapté*[2] chegava também a seus ouvidos. Esse canto embalava o sono todas as noites. Vinha do pátio da aldeia, onde os adolescentes, que estavam em plena cerimônia de furação de orelhas, cumpriam sua missão de cantar de madrugada para alegrar o povo. Era tão bonito o canto!!! Seu irmão mais velho estava lá, junto com outros vinte e seis meninos, completando o ciclo de formação.

E esse era o assunto dos pais agora. Eles falavam sobre a cerimônia que aconteceria no dia seguinte. Sereru ouviu o que mais lhe interessava – o nome da noiva escolhida para o irmão mais velho.

– Já conversei com meu *iamon*[3]. Ele está de acordo. Também acha que sua filha do meio será uma boa esposa para nosso filho. Ela é muito curiosa e alegre, vai ajudá-lo a descobrir o mundo...

– Meu marido, eu concordo com a escolha. Desde que ela era muito pequena eu observo seu jeito... Ela é muito caprichosa nas tarefas do dia a dia, não é preguiçosa. Os dois farão um belo par.

Os pais continuaram conversando, mas agora Sereru já podia dormir sossegado e esperar a agitação do dia que logo ia raiar.

No aconchego da casa, ele adormeceu novamente e sonhou um sonho estranho... Alguns velhos, que ele não reconhecia, estavam no pátio central da aldeia, sentados em suas esteiras, em torno de um grupo de meninos. Sereru estava no centro do círculo, com alguns de seus primos.

Os velhos pareciam assustados e falavam coisas que ele não compreendia. Sons terríveis que ele nunca ouvira antes, barulhos ensurdecedores se aproximavam, vindos de todos os lados...

De repente, a terra começou a ruir em torno daquele círculo, as casas da aldeia desapareciam, afundando num buraco escuro. Eles permaneceram ali, juntos, os meninos e os velhos, como que suspensos no ar. E uma luz forte e azulada brilhou no céu.

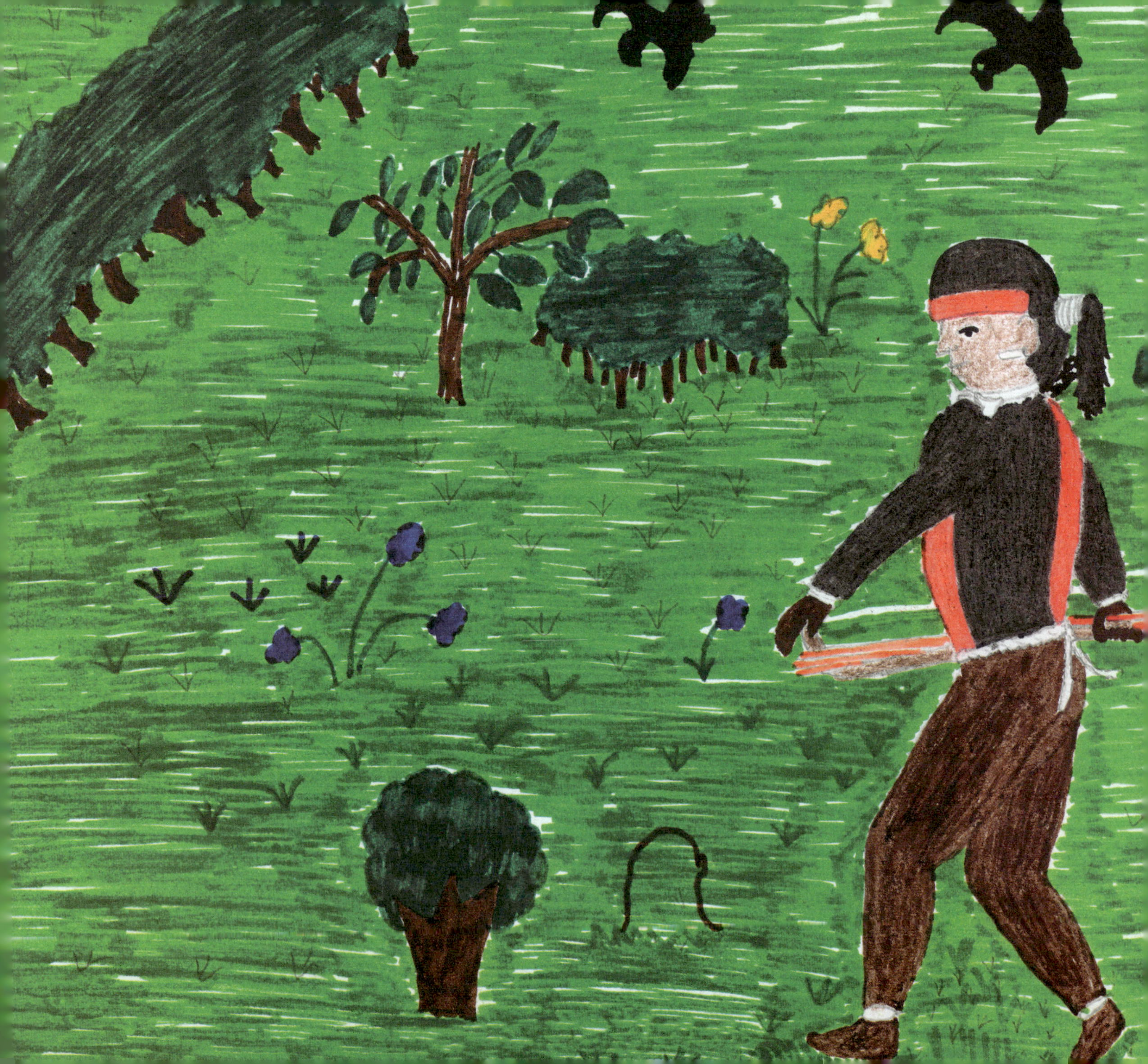

NO TEMPO DE ANTIGAMENTE

A mãe se levantou primeiro. Estava escuro e o céu estrelado. Eram tantas e tão brilhantes as estrelas, que chegavam a iluminar o pátio da aldeia. As crianças acordaram logo depois e o movimento na casa começou antes mesmo do sol nascer. Era assim todos os dias!

Roweó, a mãe, foi acender o fogo e logo a família toda estava reunida na construção de madeira e palha que servia como cozinha, ao lado da casa.

O pai, Wabuá, foi com sua esteira de palha de buriti em direção ao centro da aldeia, para o *Warã*[4], a reunião do conselho dos homens que acontecia todas as manhãs e finais de dia. O frio era intenso. Fazia o corpo tremer e os dentes baterem como os do *queixada*[5], quando está brabo. Era assim!

Os homens preparavam uma grande fogueira e ficavam em pé, em torno do fogo, ora de frente, ora de costas, se aquecendo. Alguns levavam cobertores e deitavam em suas esteiras, bem próximos ao fogo. Os cachorros também acompanhavam os donos e disputavam espaço para se aquecerem.

— Kãi! Kãi!

Gritos agudos chamavam os que ainda estavam na cama. Os homens que já haviam chegado faziam brincadeiras, provocando e chamando os atrasados para a reunião.

— Levantem, preguiçosos... Estão com medo do frio?

— Tem um bando de queixadas aqui... Daqui a pouco entram na sua casa e vocês nem vão ver...

Os homens conversavam no *Warã* sobre a cerimônia que aconteceria logo mais e as crianças e as mulheres ficavam de longe, com o ouvido ligado para entender o que estava sendo decidido.

Em cada uma das vinte e três casas, o foguinho da cozinha iluminava a escuridão da aldeia como se fosse as estrelas do céu. Sereru comia coquinhos de *babaçu*[6] que a mãe quebrava com uma pedra enquanto a irmãzinha menor mamava, agarrada ao seu pescoço. Os outros dois irmãos menores corriam atrás de um cachorrinho. As irmãs mais velhas recolhiam as *cabaças*[7] e arrumavam dentro de um grande cesto de palha para buscar água no rio.

A avó materna gostava de beber café. Ela tinha aprendido com os *warazu*[8], os brancos, quando era moça, mas nem sempre havia café naquela casa. Café tinha que ser comprado na cidade, assim como o açúcar e o sal e eles só conseguiam dinheiro quando vendiam alguns colares e cestos de palha de buriti.

A avó sempre contava para os netos histórias do tempo em que os homens em suas armaduras de metal brilhante chegaram voando sobre a aldeia. O barulho daqueles pássaros era muito forte e todos ficaram muito, muito assustados. Era uma visão aterradora, como nas batalhas descritas nos mitos.

Pemeió correu com outras mulheres e crianças e se escondeu no cerrado enquanto os guerreiros atacavam aquele objeto estranho com flechas e *bordunas*[9]. O grande pássaro lançou de sua barriga algo terrível que caiu próximo à serra, fazendo um estrondo e levantando fumaça e fogo. Eles pensaram que o mundo estava acabando, que todos iam morrer.

Ahopowen, o avô paterno, reuniu os homens e falou:

— Temos que fazer alguma coisa. Os *warazu* estão chegando. De nada adiantou nossa resistência e muitos já morreram nessa guerra. Eles são mais fortes do que nós e mais numerosos. Temos que pacificar os *warazu*. É nossa única chance de sobreviver.

Assim, o avô e os outros guerreiros fizeram magias, com ervas e segredos dos homens, para a pacificação. Pintaram seus corpos, pegaram as armas e seguiram em direção ao grande rio para encontrar e conversar com os *warazu*.

Lá, nas margens do grande rio, avistaram os barcos e os *warazu* que balançavam no ar objetos e panos. Os guerreiros ficaram escondidos entre as árvores e acompanharam o movimento dos homens estranhos que deixaram roupas e utensílios de metal na areia branca da praia.

Os guerreiros ficaram por ali alguns dias, observando para ver se os *warazu* estavam mesmo pacificados antes de irem ao encontro deles, com palavras de amizade e respeito. Com muita coragem e visão, os antigos conseguiram deter a guerra e acalmar o coração dos estrangeiros.

Um tempo depois, os *warazu*, de pele muito branca e cabelos por todo o corpo, chegaram próximo à aldeia, pelo caminho que vinha do grande rio. Vinham grudados num animal que o povo Xavante não conhecia. Era uma visão estranha. As mulheres, que nunca tinham visto os brancos, perguntavam-se que animal estranho era aquele, com tantas pernas e patas. Para elas, os homens brancos e barbudos em seus cavalos não eram seres humanos.

Foi um tempo de muito medo e doenças desconhecidas. Velhos e crianças tremiam de frio, em pleno sol do cerrado. Com manchas vermelhas pelo corpo, emagreciam muito rápido até não mais resistir. O povo Xavante pensou que todos iam morrer.

O avô sempre dizia que antes, no cerrado, quando o povo saía para andar, o horizonte não tinha fim... O cheiro do mato era bom, a água era limpa e as pegadas no chão mostravam os animais que haviam passado por ali: queixada, anta, veado, tamanduá, ema, onça...

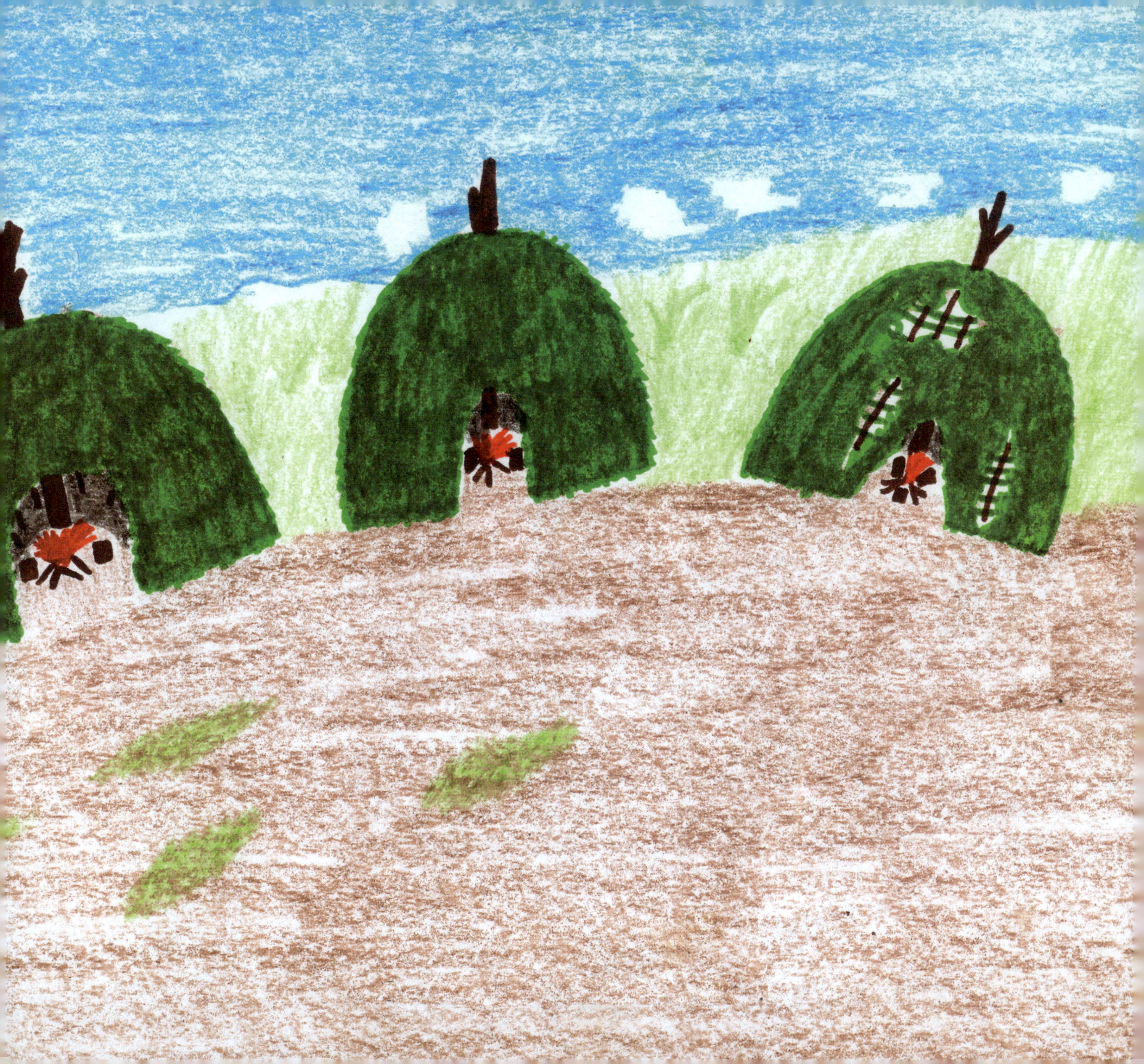

Depois tudo mudou. O povo já não podia andar muito porque encontrava cercas de arame farpado cruzando o caminho. E as pegadas no chão eram de pés enormes que nunca tinham fim...

Sereru ria, quando o avô falava essas coisas. Ele conhecia bem os aviões e as marcas de pneu de carro no chão.

— Avô, eu não tenho medo dos carros. Eu quero aprender a dirigir um carro quando crescer.

— Assim será, meu neto.

— Até um trator, daqueles que os fazendeiros usam, eu vou aprender a dirigir. Com o trator é mais fácil, mais rápido.

— Ah! Você também vai plantar arroz?

— Não, eu só vou plantar as coisas que a gente gosta de comer: milho, inhame, mandioca...

— Essa é uma boa ideia, meu neto.

— Mas dos *warazu* eu não gosto. Meu coração fica assustado quando vejo algum deles.

— Nem todos os *warazu* são maus, meu neto. Temos muitos amigos entre eles. Gente boa que tem família, como nós, que ama seus filhos, que se preocupa com o bem-estar deles e entende nossa preocupação. Alguns nos ajudam: trazem coisas úteis como ferramentas e espingardas, remédios quando estamos doentes com as doenças que não conhecemos.

— Mas quando o senhor era jovem não precisava das coisas dos brancos... Nem dos remédios.

— A vida era muito diferente, meu neto. E ainda vai mudar muito!

Sereru ficava pensando nesse tempo, quando seus avós eram ainda jovens. Devia ter sido muito bom! Agora a aldeia estava cercada de todos os lados pelas fazendas, pelas cidades, por gente estranha. E ele pensava como seria no futuro.

Os homens no *Warã* sempre falavam das ameaças, dos perigos... Um calor e uma energia tomavam conta de seu corpo. Ele queria crescer logo e se transformar num guerreiro forte e corajoso para ajudar seu povo a manter as coisas boas daquele lugar...

Mas Sereru também gostava de coisas novas. Gostava de balas, de bolacha, de pão, dos agasalhos nos dias de frio, dos fósforos e lanternas, coisas que ganhava dos *warazu* amigos que visitavam a aldeia todo ano.

E ele gostava de ir até o rio das Mortes de caminhão, de pescar com o pai no barco a motor, de jogar futebol e bolinha de gude, de ver fotografias de lugares diferentes, com cidades cheias de prédios e carros... E ficava curioso... Nunca tinha saído da aldeia. As imagens das fotos formavam um filme na sua cabeça, uma confusão da realidade conhecida com a fantasia do que seriam aqueles lugares.

– Bem que eu queria ir com meu pai para a cidade... Queria ver com meus olhos as coisas que ele conta.

– Nem pensar numa coisa dessas! – dizia a mãe. – Você não sabe o que está falando. Aquele lugar é muito perigoso.

Roweó tinha medo. Uma única vez fora à cidade acompanhar a filha menor que estava com diarreia e precisou ficar internada no hospital por uma semana.

Sereru chorou muito naqueles dias. Pensou que a mãe e a irmã nunca mais fossem voltar. Era assim. As pessoas doentes que iam para a cidade geralmente não voltavam.

A avó Pemeiõ cantou para acalmá-lo e contou histórias da cidade que ela também não conhecia, mas que tinha ouvido do seu esposo.

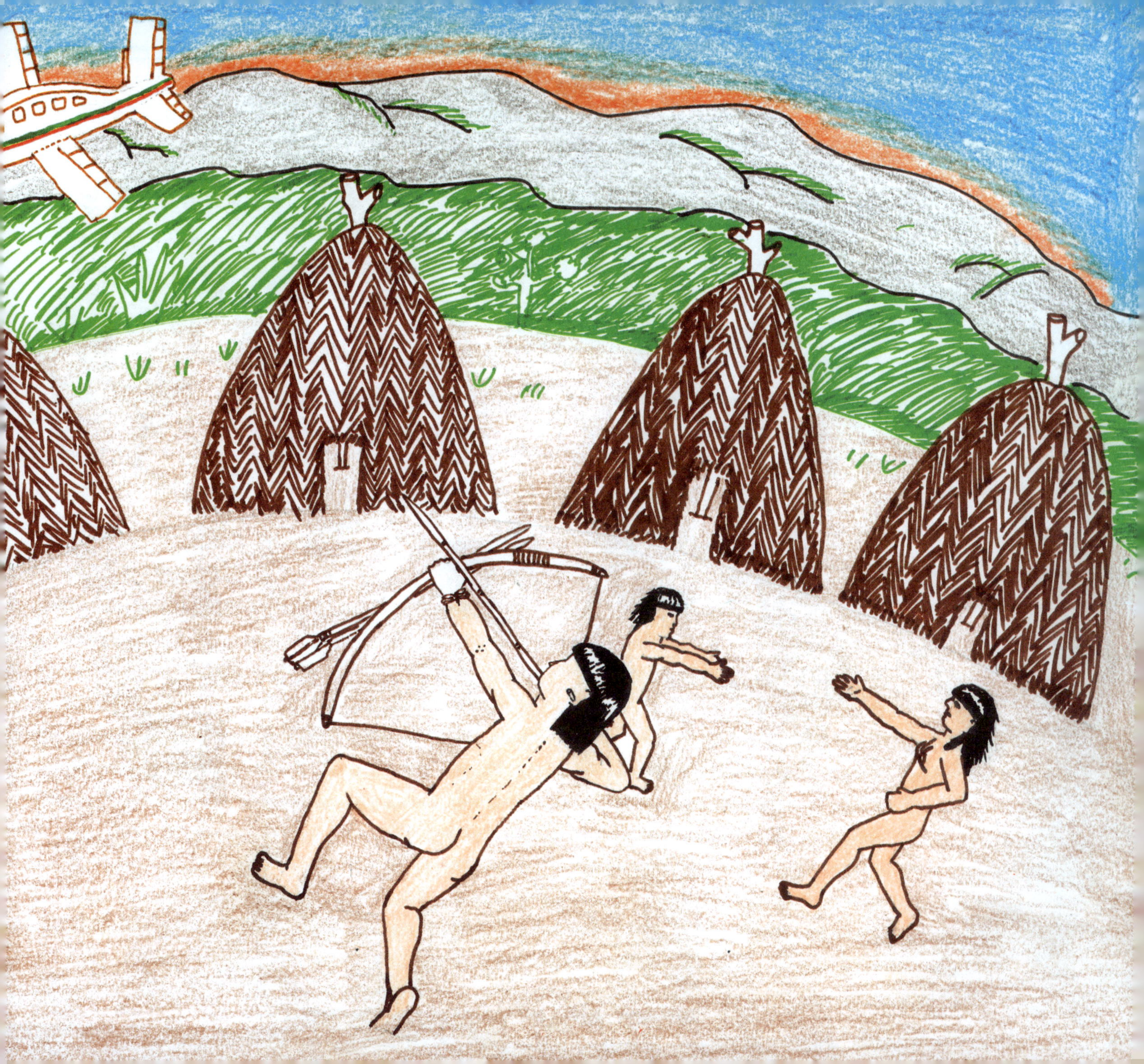

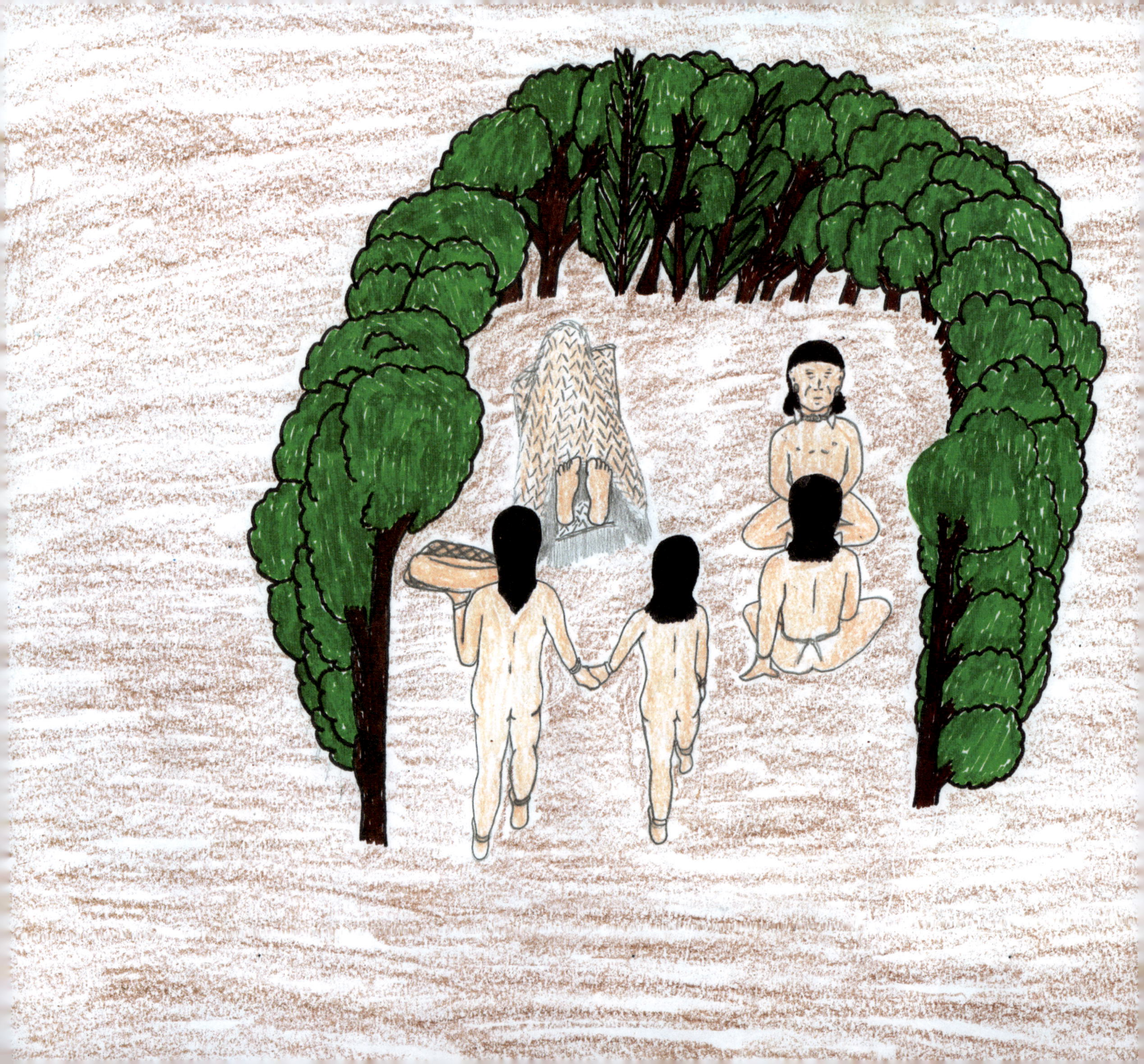

O NOVO DIA

O dia já estava clareando. O sol começava a despontar sobre a serra do Roncador, no rumo do rio. A aldeia estava animada. As crianças brincavam na frente das casas, fazendo algazarra e as famílias se agitavam com a cerimônia que estava começando.

Sereru correu para o centro da aldeia. Não queria perder nada! Um espaço circular tinha sido cercado com folhas de palmeira para receber os jovens que, daquele momento em diante, seriam considerados adultos.

Os adolescentes tinham passado por várias etapas muito duras da cerimônia de furação de orelhas, transformando-se de meninos em homens. Depois de mais de cinco meses de muitas provas, os novos adultos estavam deitados em esteiras de buriti, esperando o momento de conhecerem suas futuras esposas.

A vida da família começava a mudar. Logo o irmão mais velho estaria casado e iria morar na casa de sua esposa. E ele, Sereru, entraria também no *Hö*[10], na casa dos *wapté*.

Como os outros meninos de sua idade ele ficaria recluso vários anos para aprender com os mais velhos todos os segredos e conhecimentos da sua cultura.

Ele deixaria sua casa, a cama onde dormia com seus pais e irmãos, a convivência diária, o foguinho de todas as manhãs... Mas estaria com seus companheiros aprendendo sobre a vida Xavante. Teria sua orelha furada, seria capaz de correr com uma tora de buriti de 80 quilos nas costas, saberia caçar e pescar, construir uma casa, conheceria as plantas e animais do cerrado e também seria apresentado à sua futura esposa. Era assim. A vida sempre tinha sido assim.

Mas a vida de Sereru estava prestes a mudar de rumo e ele ainda não sabia. A conversa entre seus pais na noite anterior não fora somente sobre o casamento do irmão mais velho, mas sobre o rumo que a sua história estava por tomar.

Pela manhã, ele percebera a tristeza nos olhos da mãe, seus movimentos mais lentos, o ar entrando no seu corpo com peso e depois saindo com um suspiro, fazendo o peito crescer e murchar.

– O que está acontecendo com minha mãe? – pensou ele. – Será que está sentindo alguma dor? Será que a cabeça dela dói porque carregou muita lenha pesada? Será que o coração dói de tristeza?

O pensamento ruim logo se afastou e ele resolveu aproveitar o dia quente para brincar com os primos e amigos no rio. Correu pelo caminho desenhado no chão de terra, subiu no galho de uma árvore que se deitava sobre o rio e pulou, dando várias cambalhotas no ar, até cair na água.

E depois subiu nas costas do primo e lutou com o amigo que também estava na mesma posição, nos ombros de outro menino da mesma idade. Todos riam e gritavam ao mesmo tempo. Eles se conheciam bem, conviviam desde muito pequenos e seriam companheiros no *Hö*.

– Vamos lá... Quero ver se você me derruba! – disse o amigo.

– Eu sou mais forte que você, seu magrela. Te derrubo rapidinho – respondeu Sereru.

– Não vou ser magrela para sempre. Você vai ver como serei um homem forte e corajoso!

– Eu já sou forte porque tomo banho no rio de madrugada e faço muito exercício na água, como meu irmão. Vou ficar forte como meu pai. E lá vai...

Tchibum!... E Sereru derrubou o amigo, que caiu rindo e espalhando água para todo lado. Sereru se atirou também na água e a brincadeira recomeçou.

A cerimônia de apresentação das noivas foi longa e agitou toda a comunidade. Os jovens, orgulhosos com seus brincos de madeira na orelha, agora não voltariam mais para o *Hö*. A casa que recebeu os adolescentes durante tantos anos seria derrubada e somente no ano seguinte uma nova casa seria erguida para acolher a nova geração.

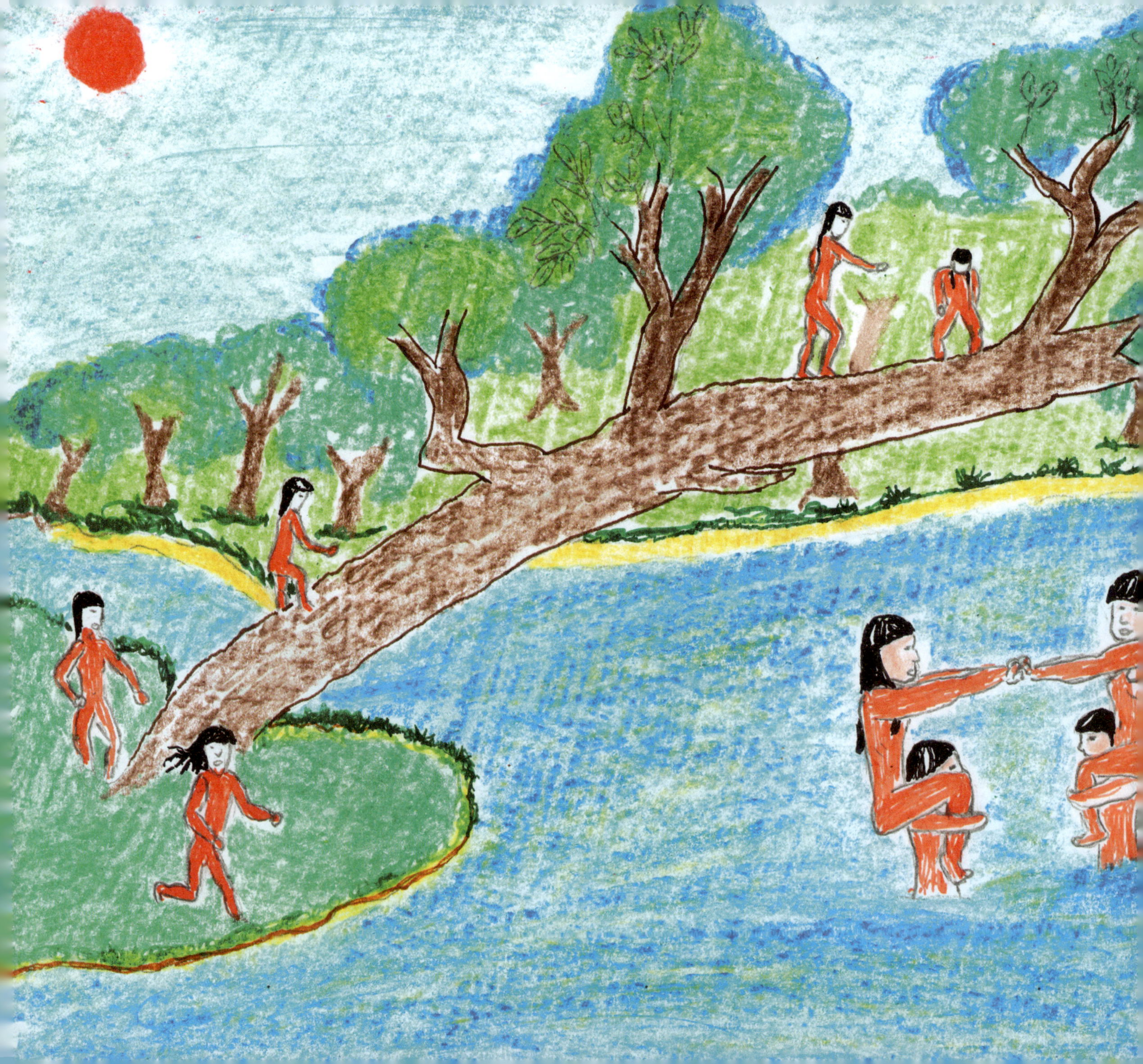

Depois que a cerimônia terminou, todos voltaram para suas casas, cansados e com calor. A mãe e as irmãs tinham trazido cabaças com água fresca do rio. A panela de arroz e a carne do veado, que o pai havia caçado no dia anterior, estavam sobre o fogo.

Depois de compartilhar a água e o alimento, os pais e os avós de Sereru se deitaram para descansar e continuaram conversando. Sereru estava feliz e cantava junto com os amigos da mesma geração, em frente da casa, imitando os mais velhos.

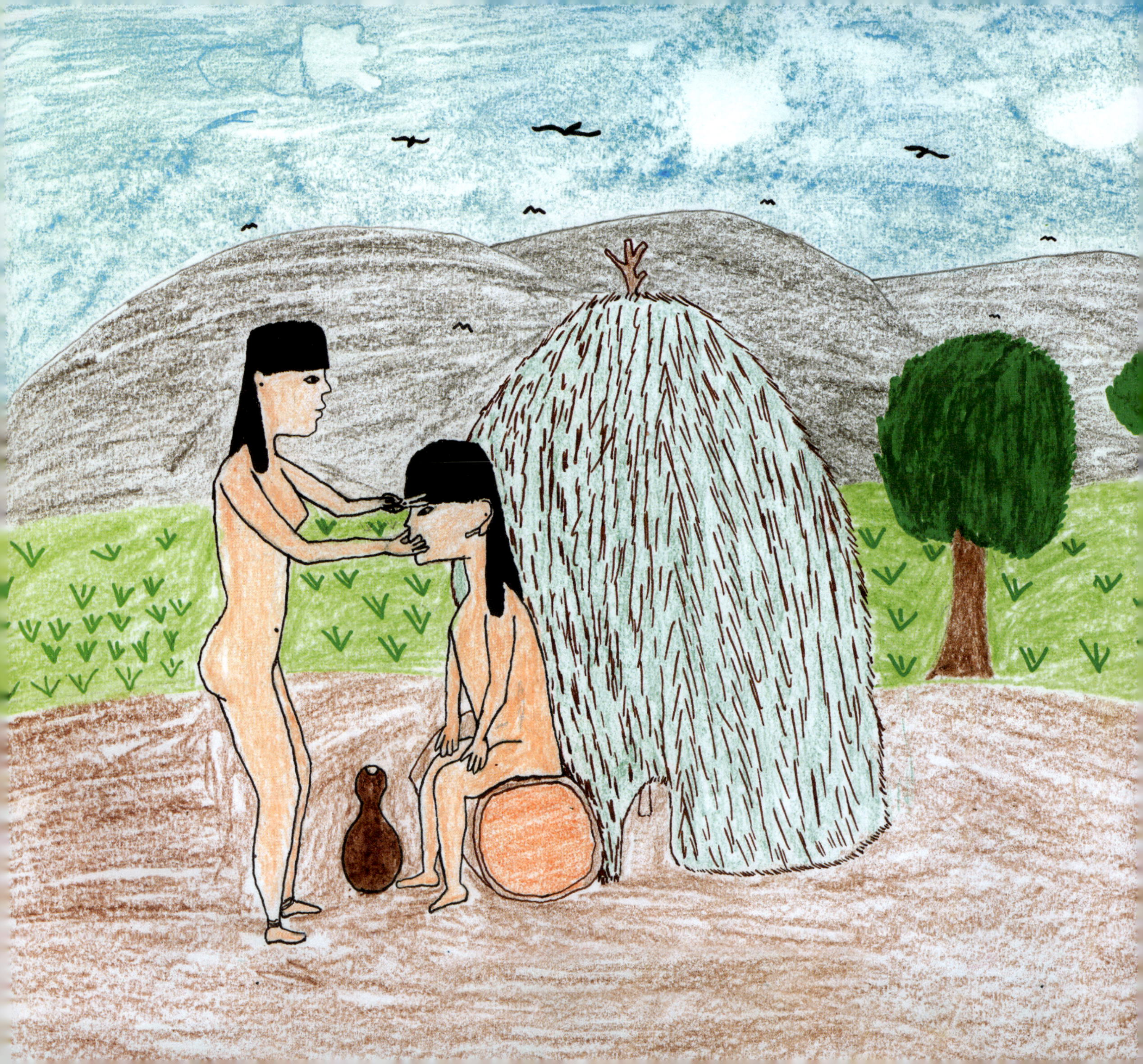

REVELAÇÃO

No final daquele dia agitado, depois do *Warã*, quando o sol se pôs, o pai finalmente o chamou para conversar. Sereru estranhou muito a situação. Toda a família estava na casa e o silêncio era perturbador. O pai, sentado na cama, o segurou pelos ombros e falou. Ele abaixou o rosto em sinal de respeito, como um filho devia fazer, e ouviu.

– Meu filho, – disse o pai – seu avô me fez um pedido, eu compreendi a importância e aceitei. Já conversei com sua mãe e ela também entendeu o pedido.

Sereru não moveu o corpo, mas olhou de lado a mãe que estava ali sentada, e viu que ela chorava.

— Você vai partir amanhã. Você vai para a cidade, onde moram nossos amigos *warazu*. Vai aprender a falar a língua deles, a entender como eles pensam. Essa é uma missão muito importante. Outros sobrinhos meus também vão, cada um a seu tempo. Vocês foram escolhidos porque são especiais, porque demonstraram coragem e capacidade. Vocês, quando crescerem, vão liderar e defender o nosso povo contra as ameaças externas.

Sereru não entendeu bem o que o pai estava dizendo. Ele queria muito crescer, se tornar um guerreiro forte e defender o povo. Pensou alto em sua cabeça, mas guardou sua voz.

— Mas como assim? Ir para a cidade? Será uma visita aos amigos *warazu*? Numa visita, não ia dar tempo de aprender isso tudo.

As dúvidas eram muitas: como dormiria todas as noites sem escutar os *wapté* cantando, sem o calor do corpo da mãe, sem as brincadeiras com os primos no rio, sem as caminhadas no cerrado? E como faria para estar no *Hö* e aprender todos os segredos de sua tradição, tudo que tinha que saber para sua vida adulta?

Uma confusão tomou conta da sua cabeça, como a enchente que chega de repente no rio, trazendo troncos de árvores e sujeira, arrastando tudo que está pela frente. E ele ficou cansado. Aí se lembrou do sonho, dos barulhos assustadores, da aldeia toda ruindo, desaparecendo num buraco escuro, e estremeceu.

Ele estava tonto, só queria deitar e dormir, bem pertinho da mãe, ouvindo sua respiração. Não falou nada, afastou-se do pai e tentou subir na cama. Mas a mãe, com a tesoura nas mãos, o segurou para cortar sua franja, bem retinha, até atrás da orelha.

Ele gostava muito quando a mãe cortava o seu cabelo. Mas naquela noite ele via água brilhando dentro dos olhos dela, iluminados pelo fogo aceso no centro da casa. A lágrima correu pelo rosto da mãe, pelo caminho que outras lágrimas já haviam percorrido e caiu no rosto dele. E uma dor muito forte doeu no seu estômago.

Ele teve mais sonhos estranhos nessa noite. Sonho de enchente misturando água do rio com as lágrimas da mãe, sonho de monstros estranhos de metal, cuspindo fumaça e palavras que ele não entendia, sonho de buracos que se abriam no chão e o engoliam.

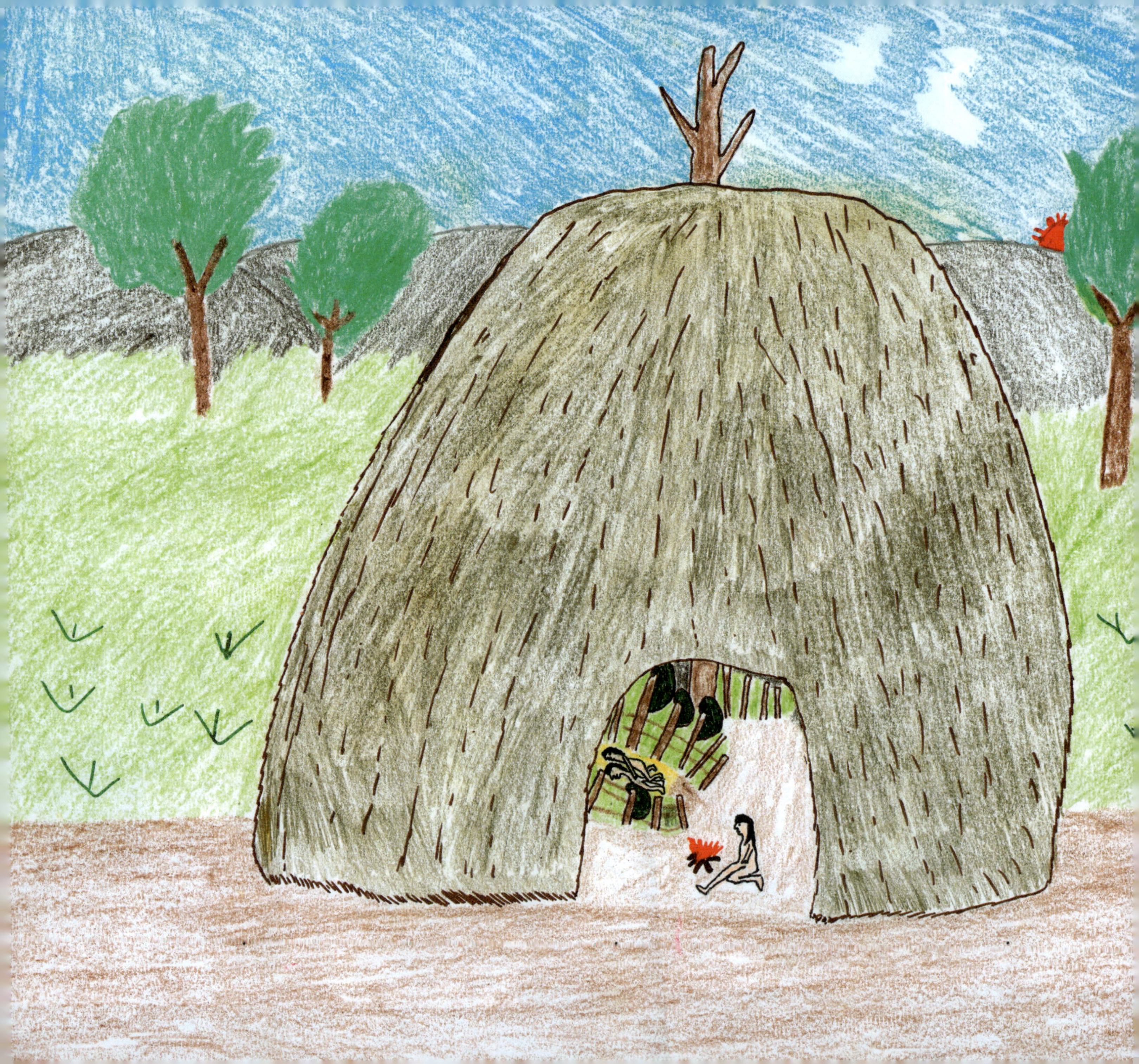

Ficou agitado. Ouvia, dentro do sono, a mãe chorando, conversando com o pai. Ouvia os avós falando... Mas só queria dormir e acordar feliz para brincar como sempre com os primos e amigos no rio.

    Pela manhã, quando despertou, seu pai já tinha ido para o *Warã* e a mãe preparava café e inhame assado. Um saco de pano branco com poucas peças de roupas estava separado, num canto da cama. O pai voltou da reunião. Vinha com o avô paterno e os outros irmãos. Algumas crianças, curiosas com o movimento, vinham atrás.

— Meu filho, vamos andando – disse o pai. – Já está ficando tarde. O avião está esperando.

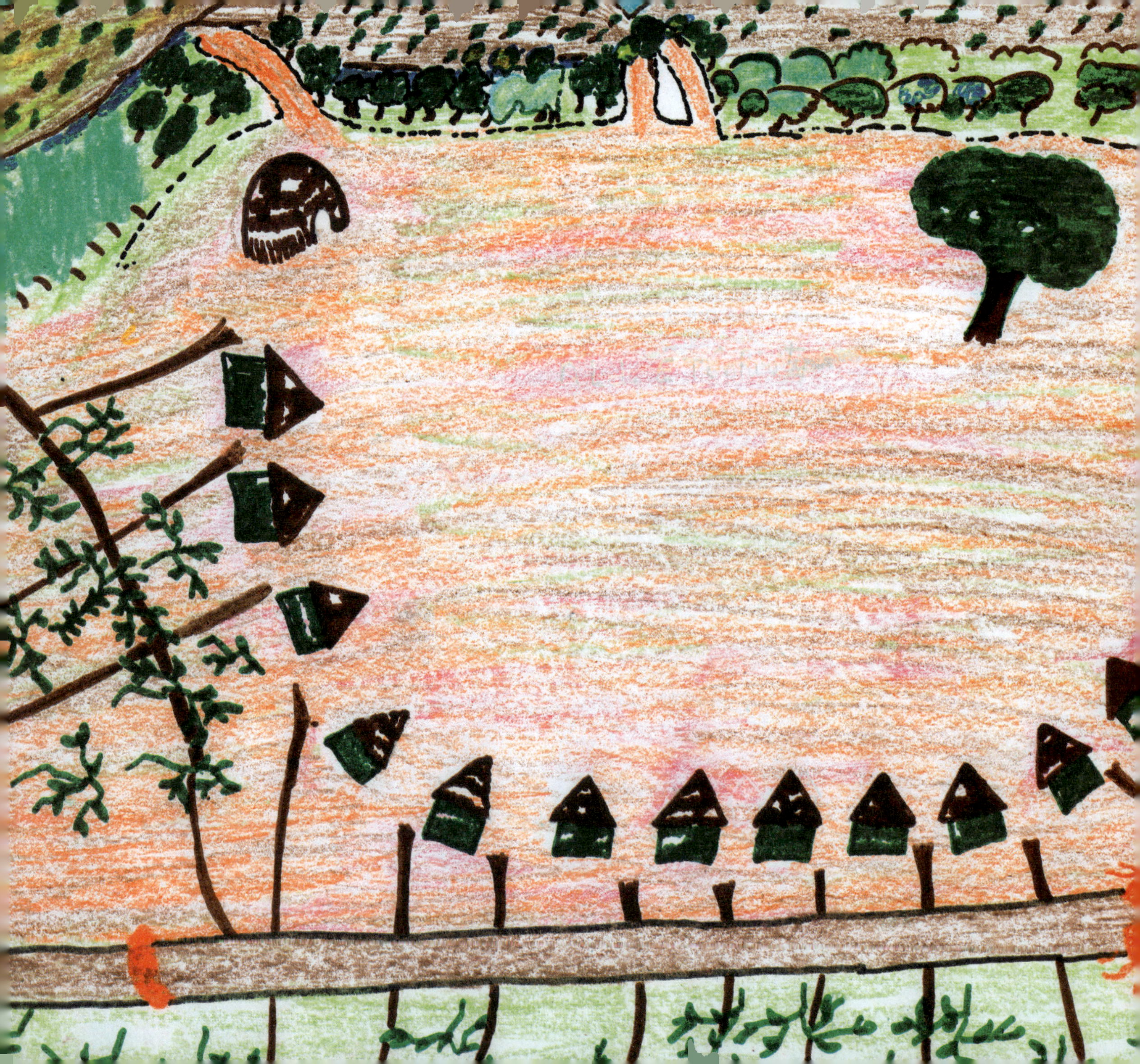

A PARTIDA

Sem entender muito bem o que acontecia, ele seguiu as pessoas de sua família que foram andando pela estrada estreita que ia dar na fazenda Santa Bárbara.

Seus pais, tios, avôs e algumas tias iam na frente. Era uma longa caminhada. Ele já tinha ido uma vez à fazenda, acompanhando os mais velhos. Essa fazenda ficava dentro do território do povo Xavante e eles sempre conversavam com os donos para negociar os limites da área.

Caminharam em silêncio e a dor doeu intensa de novo, torcendo as tripas dentro da barriga, dando calafrios que subiam pela coluna. A mãe segurava o saco de pano com as roupas. Ele ouvia os passos na terra seca da estrada, ouvia os sons que vinham do cerrado, sentia o cheiro da manhã e a cabeça pesada de tanto pensamento confuso lá dentro.

Quando o grupo passou pela porteira da fazenda, ele ouviu o ruído do motor do avião. Diminuiu os passos até parar. Era como se uma força viesse de dentro da terra e prendesse seus pés ao chão. Suas pernas pesavam tanto que ele não conseguia movê-las.

O pai o pegou no colo e o levou até o avião.

— Vamos, meu filho. Seja corajoso. Você algum dia vai entender o que está acontecendo.

A mãe, calada, passou a mão nos seus cabelos negros e compridos, na sua franja bem cortada e lhe entregou o saco de pano. O avô Ahopowen, com ternura nos olhos, pronunciou seu discurso. Já estava com bastante idade, o cabelo ficara branco e ralo, a pele estava muito enrugada e ele andava devagar, se apoiando numa bengala. Tinha sido o grande líder do povo Xavante, num tempo em que todos viviam juntos, numa aldeia bem maior do que a atual. E, mesmo tendo transferido o poder para um de seus filhos, ainda era muito respeitado.

— Meu neto. Você foi escolhido por suas qualidades. Sei que você não vai me decepcionar. Tenha muito cuidado. Não se iluda com a cidade, não caia nas armadilhas do mundo dos *warazu*. Elas são muitas. Seja forte, preste atenção nos seus sonhos. Seus antepassados estarão lá para orientá-lo. Se prepare e volte.

A avó Pemeiõ o abraçou e fez o choro cerimonial, que era como um canto muito bonito e triste. Os tios também falaram algumas coisas, mas ele já não ouvia. Ficou olhando a mãe e a avó se afastarem. Pegou na mão do tio que ia acompanhá-lo na longa viagem e os dois subiram no avião. O piloto só estava esperando por eles.

Assim que a porta se fechou, o avião levantou voo. Uma reta, depois uma curva longa e sobrevoou a aldeia. Pela primeira vez Sereru via a aldeia assim, de cima. As casas redondas

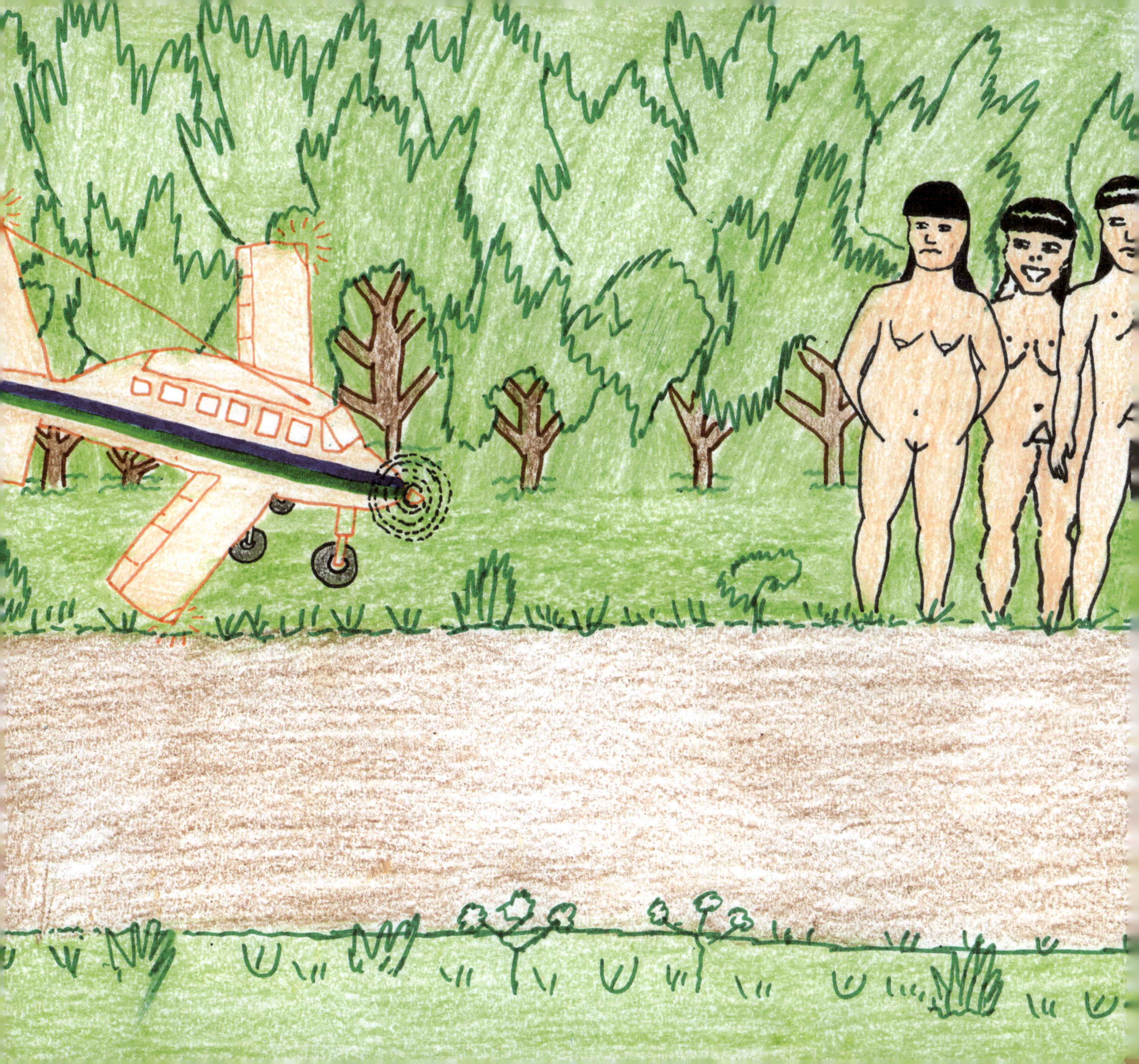

de palha formando um semicírculo, os caminhos percorridos todos os dias desenhados no chão, as pessoas lá embaixo, tão pequenas...

Depois o avião sobrevoou o cerrado, os ipês floridos de amarelo, a mata ao longo do rio, a estrada, além do limite do território. E a paisagem mudou... Ele não viu mais nada porque os olhos estavam cheios de lágrimas e o coração tão apertado no peito que parecia, que ia parar de bater.

Sua casa tinha ficado lá embaixo. Sua mãe, os avós, o pai, os irmãos e amigos tinham desaparecido. Toda alegria e liberdade, as brincadeiras, o rio, todas as promessas e desejos tinham desaparecido...

A família, que ficara na pista de pouso, começou o caminho de volta. A mãe viu o avião se afastando, na direção da aldeia. Viu, em seu pensamento, o avião sobrevoando sua casa e sentiu as lágrimas queimando o rosto. O sol já estava quente e o caminho de volta foi mais longo e difícil do que nunca.

— Meu menino se foi. Não sei se algum dia eu vou vê-lo de novo. Não sei quem vai cuidar dele agora.

— Não se preocupe, mulher. Ele vai ser bem tratado. Já conversei muito com a família que vai recebê-lo na cidade. Nada de ruim vai acontecer a ele.

— Mas eu não estarei lá. Nós não estaremos com ele.

Quando chegaram em casa, ela olhou para a cama, para algumas roupas que tinham ficado enfiadas na palha da casa. Recolheu tudo e segurou contra o rosto. Queria sentir o cheiro do filho que tinha partido.

Ela não fazia ideia de como seu menino ia viver naquele lugar tão longe. Não conseguia imaginar a vida sem a alegria e o riso dele. E ela chorou. A aldeia estava em silêncio. O cerrado estava em silêncio. Logo o sol se pôs. Era como se o sol e a natureza sentissem também a dor que ela sentia.

Seu filho tinha sido arrancado de seu peito, levado para a cidade grande, para um lugar desconhecido, hostil. E ela temia que ele nunca mais voltasse.

Lembrou-se da noite anterior, do esposo falando sobre a decisão de Ahopowen, discutida no *Warã*. A dor tinha sido tão grande! A decisão estava tomada e ela não podia dizer nada. Somente expressar a sua tristeza em abrir mão de seu filho tão querido e o medo que sentia por ele, num lugar desconhecido e perigoso. Quem iria cuidar dele? Quem iria amá-lo e ampará-lo nos momentos difíceis? Quem se alegraria com suas brincadeiras?

Era como se uma parte dela tivesse sido amputada naquele dia. A vida não seria a mesma.

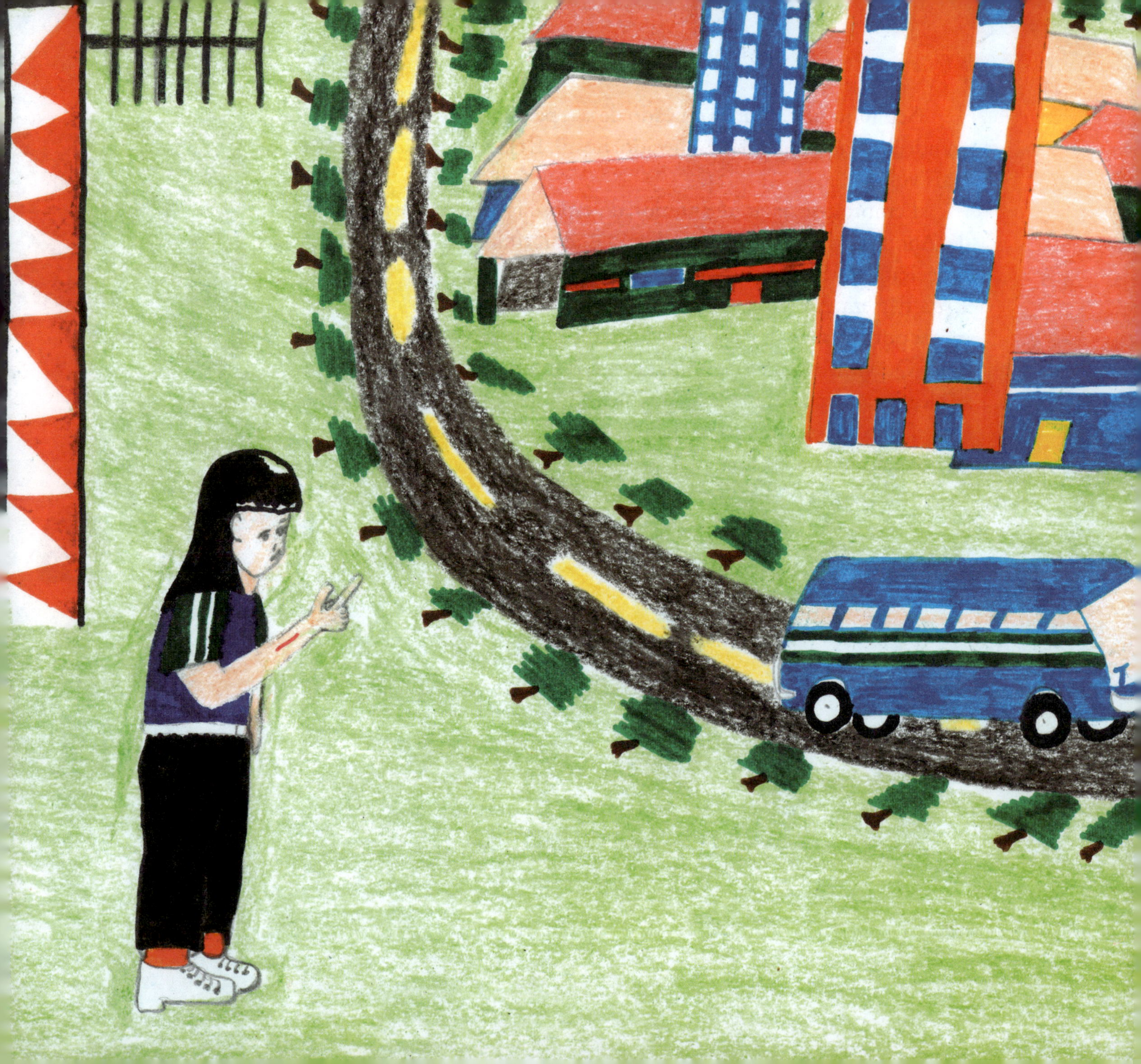

O NOVO MUNDO

O avião seguiu por muito tempo sobrevoando pastos e plantações, uma paisagem que Sereru nunca tinha visto. Não havia mais o cerrado, as árvores coloridas, o rio. Agora ele via aglomerados de casas muito diferentes da aldeia. Telhados vermelhos como terra, caminhos negros e retos desenhados no chão e que não iam para lugar nenhum. Que se cruzavam e cercavam as casas. Tudo era muito estranho!

Quando o avião começou a descer, o frio na barriga era tanto pela mudança de altitude quanto pelo medo que ia crescendo dentro dele. O avião se aproximou rápido dos prédios, das ruas, das casas, como um *jaburu*[11], pousando no rio.

Na pista do aeroporto algumas pessoas esperavam em pé. Eram os *warazu* amigos que visitavam a aldeia todos os anos. E eles tinham balinhas e abraços para receber o menino que chegava.

Uma mulher se aproximou de Sereru. Ela era muito branca e tinha os cabelos da cor do cabelo do milho. Usava uma roupa vermelha estranha, calças compridas como as dos homens e uma pintura de urucum nos lábios. Ele nunca tinha visto nada parecido. Os olhos tinham cílios muito negros e a sobrancelha nunca fora tirada. Era uma linha de pelos acima dos olhos. Que coisa mais feia! Ninguém na aldeia deixaria a sobrancelha assim...

Ela se curvou, pegou nas suas bochechas e beliscou, depois deu um beijo estalado. Sereru limpou o rosto com nojo e ficou entre encantado e assustado com aquela mulher. Ela perguntou seu nome, mas ele não entendeu a pergunta. Ela disse que seu nome era Helena. Isso ele entendeu.

Ela tirou da bolsa uma camisa e um par de chinelos e o ajudou a colocar. Saíram daquele lugar barulhento e quente e chegaram na rua. Havia muitos carros, de todas as cores e tamanhos, casas também de todos os tipos. Sereru ficou tonto. O cheiro de gasolina era muito forte e ele teve enjoo.

O tio, que já sabia falar português, conversava animado com os amigos. Mas Sereru não entendia nada. O tio foi embora em outro carro, com outras pessoas, e a mulher, que se chamava Helena, pegou em sua mão e o fez entrar no carro branco que os esperava.

Ele não abaixou a cabeça o suficiente para passar na porta e bateu a testa com força, criando um galo dolorido. A mulher começou a dirigir o carro e Sereru quis pular pela janela. Ele nunca tinha visto uma mulher dirigindo um carro e ficou com muito medo.

Fechou os olhos e se encolheu no banco de trás, tentando se acalmar e criar coragem. Isso ele tinha aprendido com seus pais e avós. A enfrentar o medo e a superar as situações mais difíceis. O carro fez muitas curvas, para um lado, para o outro. O calor, os cheiros ruins, as curvas, tudo isso foi deixando seu estômago revoltado e ele quis vomitar.

O carro finalmente parou. Eles haviam chegado a sua nova casa, de paredes duras e brancas, como as da fazenda. Dentro da casa o chão era brilhante e escorregadio, ele quase podia se ver na madeira lisinha. Muitos objetos, por todo lado, coisas que ele nunca tinha visto, muitas cores e cheiros. A mulher lhe mostrou um quarto com uma cama alta e muito macia, coberta com roupas. Só uma cama no quarto, onde ele dormiria sozinho.

Um menino, do tamanho de seu irmão menor, veio correndo e gritando em sua direção. Estava muito alegre e o abraçou, puxando-o para o quintal, atrás da casa, onde havia uma grama verde como a dos campos do cerrado. Mas era um lugar pequeno com um muro separando das outras casas. Sereru se lembrou das cercas e das porteiras das fazendas que cercavam o território e se sentiu oprimido.

— Eu sei que o seu nome é Sereru. O meu nome é Beto. Eu tenho uma bicicleta, você quer andar na minha bicicleta?

Sereru estava cansado, com sede e fome. Mas não sabia como pedir comida ou água. Andou um pouco pelo quintal e viu um pequeno lago, azul, de água bem clara. Ajoelhou-se, mergulhou a mão e levou a água à boca. A mulher veio correndo de dentro da casa e o segurou.

— Não, Sereru, você não pode beber a água da piscina! Essa água não é limpa. Venha aqui que eu vou te mostrar a casa.

Nesse dia ele conheceu melhor essa casa que não era de palha e madeira, que não era redonda, que tinha muitas divisões, parecendo casa de abelhas. O vento não entrava pela palha da parede, o cheiro não chegava ao nariz com sabor de terra e mato.

— Sereru, este é o banheiro. Aqui você vai fazer xixi e cocô, não precisa ir no jardim para fazer isso... Aqui também você pode tomar banho, está vendo?

Sereru não entendia as palavras, mas compreendia o que a nova mãe estava lhe mostrando e achou estranho o banho com a água caindo como chuva.

Aprendeu outro jeito de se sentar e comer, com um prato sobre a mesa e com talheres difíceis de segurar. A comida era muito estranha para o seu paladar. A água, servida num copo transparente, era clarinha, mas tinha um gosto estranho, diferente da água do rio.

O pai chegou mais tarde, com pacotes coloridos cheios de roupas novas e conversou com ele longamente. Tudo que Sereru entendeu foi que aquelas pessoas eram boas e queriam o seu bem. Todos se reuniram à noite num lugar da casa que não era o lugar de dormir nem de comer... E ele se afundou num sofá macio.

Viu pela primeira vez as imagens de pessoas e desenhos muito pequenos se movendo e falando numa caixa de madeira... Tentou pegar o desenho com a mão e bateu no vidro da televisão. Olhou por trás da caixa de madeira, pelos buracos, tentando entender onde estavam aquelas coisas, aqueles seres minúsculos.

Era muita informação para um dia só. Ficou muito cansado e se deitou para dormir sozinho, pela primeira vez na vida. Sentiu muita falta de sua casa, de sua mãe e chorou baixinho para ninguém ouvir.

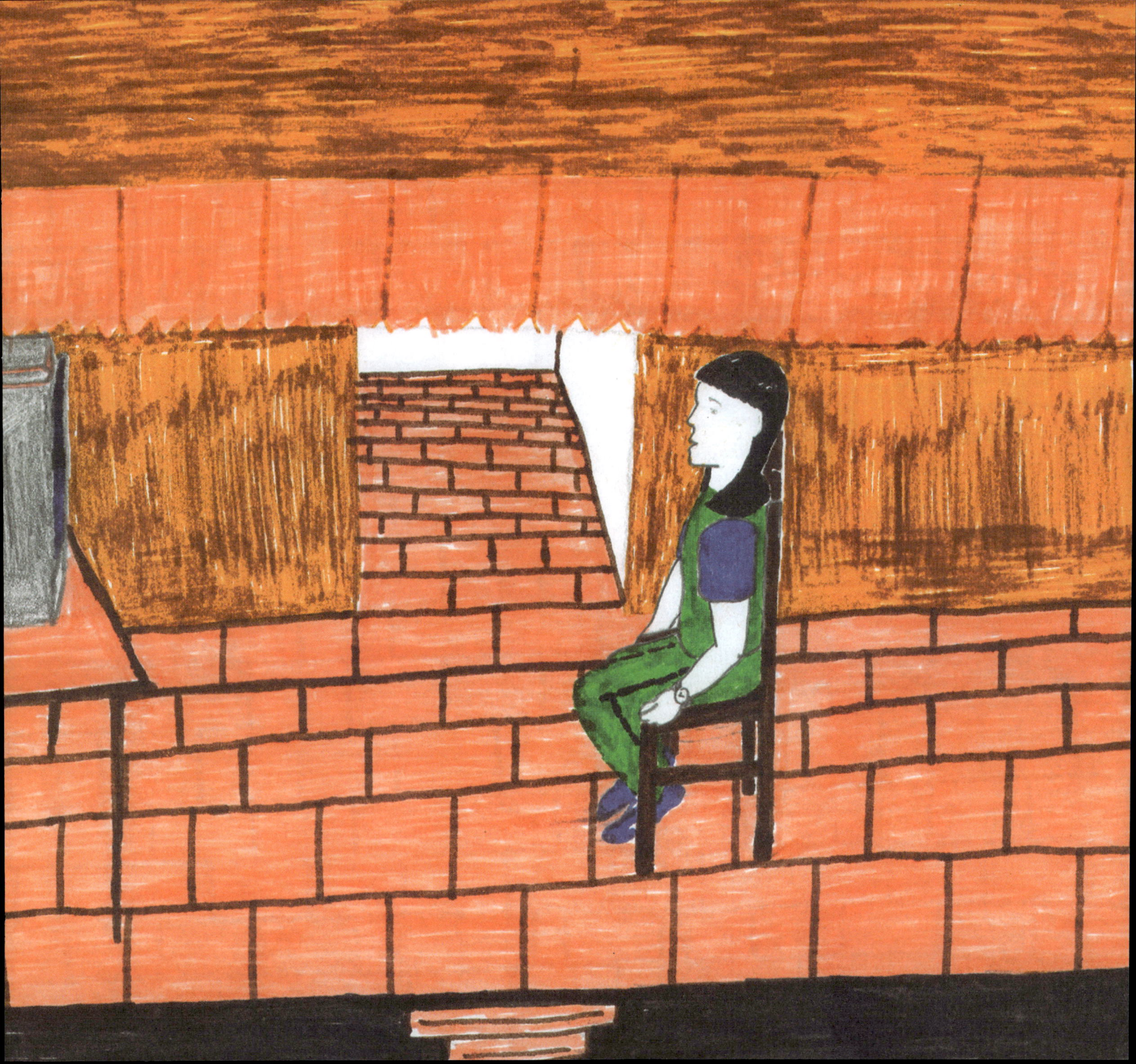

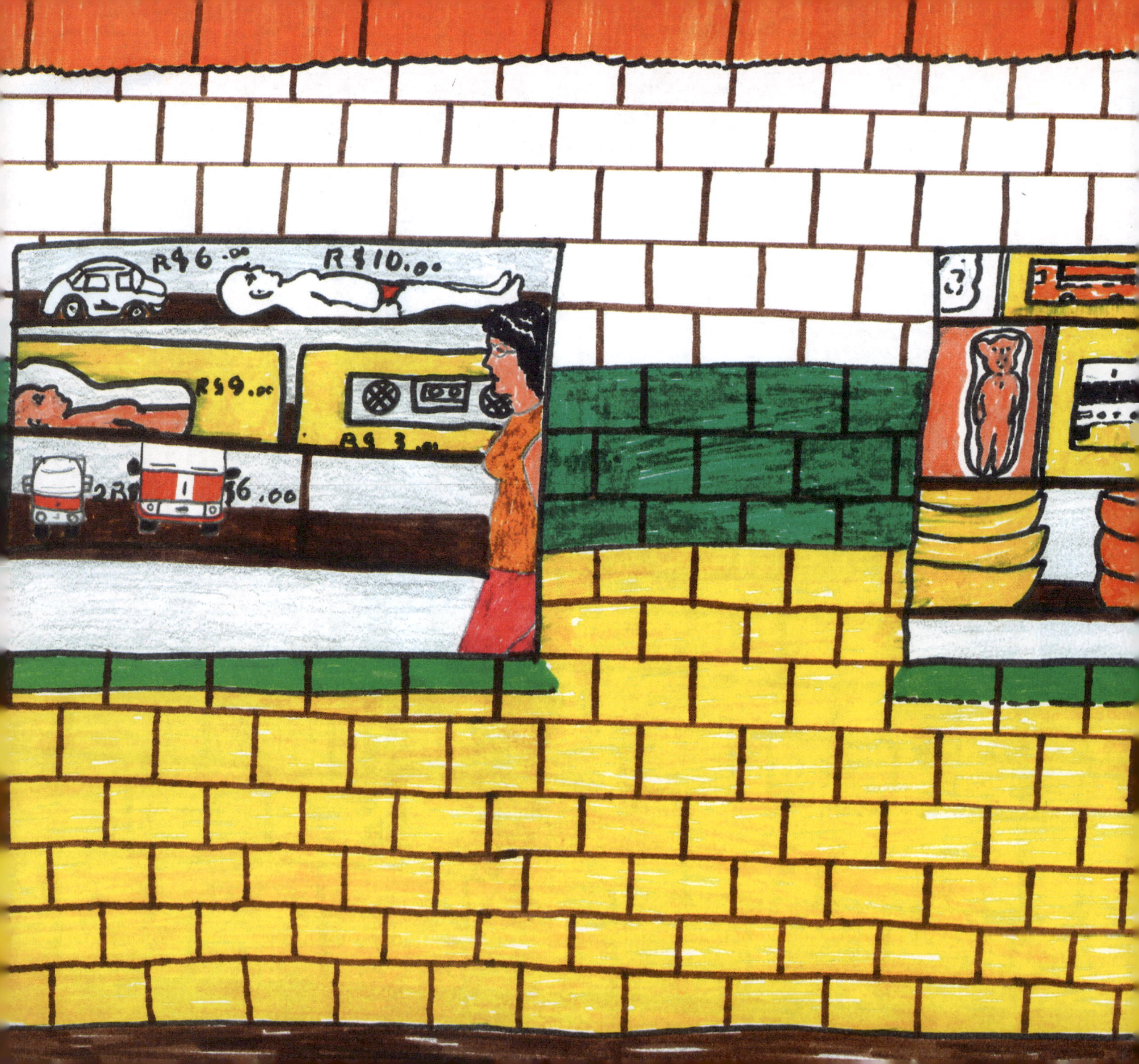
R$6.00
R$10.00
R$9.00

Queria ter poderes como os guerreiros antigos ou os seres criadores e fazer uma mágica para, num abrir e fechar de olhos, voltar para casa. Começou a sentir frio, muito frio... O corpo dolorido queimava como o fogo e os gemidos acordaram sua nova família. Ele estava ardendo em febre e falava coisas em sua língua que ninguém entendia.

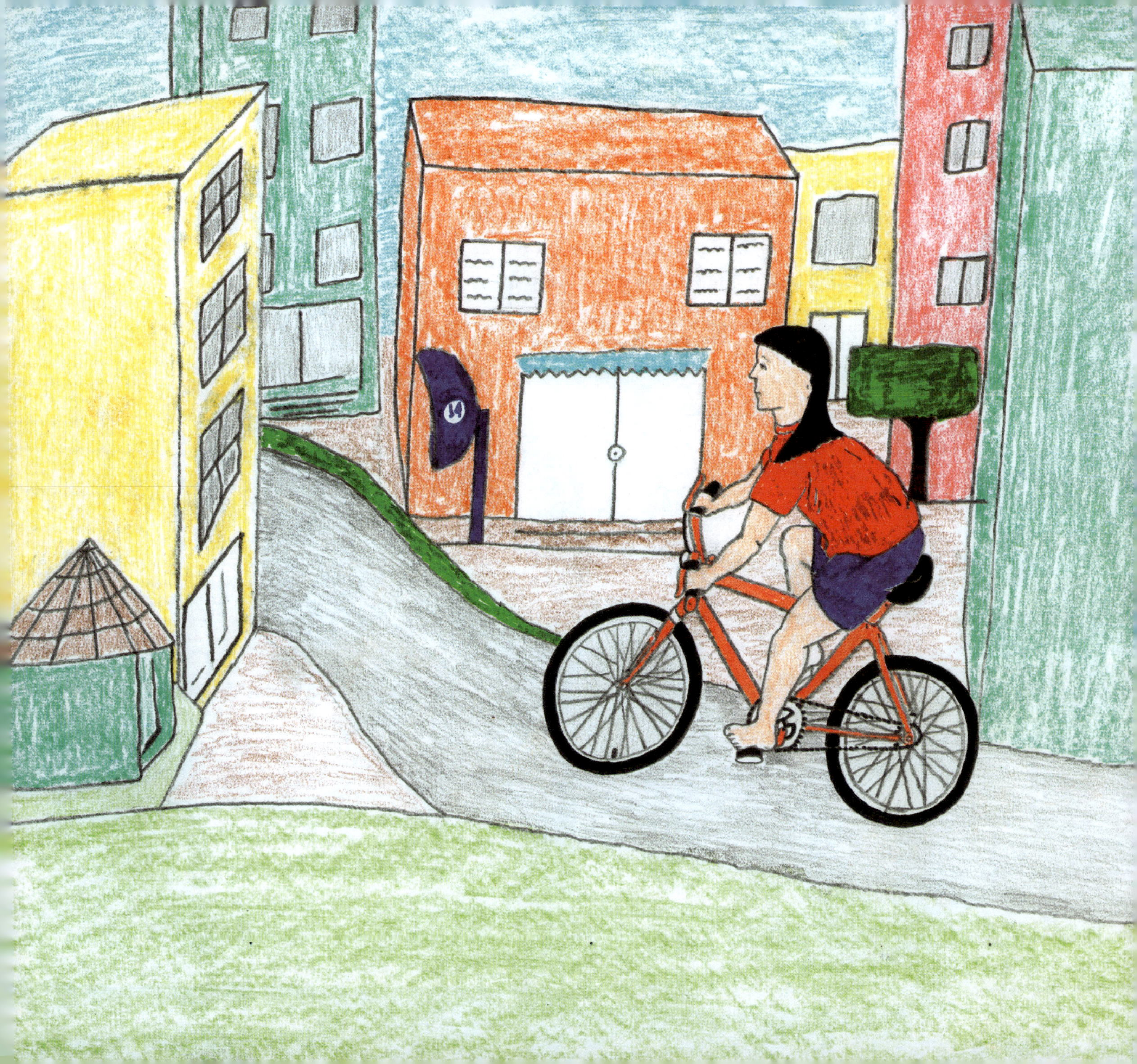

VIDA NOVA

Os dias foram passando e ele se acostumou com a nova família, com o irmão Beto e os pais, Helena e Silvio. A educação que recebera na aldeia, os ensinamentos dos mais velhos, as cerimônias difíceis por que já havia passado, lhe davam coragem para enfrentar esse novo tempo.

— Eu já passei frio e medo dormindo com meus primos no pátio da aldeia. Já sofri a dor e a tristeza de perder na luta dos meninos. Já escutei as histórias dos heróis de meu povo que enfrentam tudo com bravura... Tenho que ser forte e aguentar. Meus pais e meus avós vão ficar orgulhosos.

Aprendia novas palavras, novos cheiros e sabores. Adorava os desenhos do Scooby Doo, do Pica-Pau, do Tom e Jerry. Ficava horas na frente da televisão e os personagens dos desenhos lhe ensinavam a falar a nova língua. Assim era divertido! Ele repetia as palavras do mesmo jeito engraçado que os personagens falavam e rolava no chão de tanto rir.

Descobria novas brincadeiras e jogos, nadava na piscina como fazia antes no rio, pulando e virando cambalhotas no ar. O irmãozinho o ajudava muito. Beto também estava descobrindo o mundo e as palavras. Apesar da diferença de tamanho, os dois começavam as descobertas juntos. Uma grande amizade nasceu das alegrias e desafios que foram surgindo.

– Você precisa aprender a andar na bicicleta, assim, se equilibrando! – dizia Beto.

– Tombo! Joelho ralado! Dói muito!

– Você se acostuma logo. Vamos lá...

– Bicicleta pequena. Sereru grande. Difícil andar.

– Ah! Já entendi... Mas se você aprender a andar na minha, no Natal você pede uma para o Papai Noel.

– Flechar passarinho! Eu quero!

– Então faz um arco e flecha para mim!

E Sereru construía arcos e flechas, armadilhas para passarinho, procurava formigas e grilos pela grama.

A mãe continuava usando urucum na boca, calças compridas como homem e dirigindo o carro. Passava o dia trabalhando num prédio muito alto, que Sereru conheceu um dia, e só voltava para casa à noite.

Outra mulher, que se chamava Ana, mas não era parente, ficava na casa durante todo o dia. Limpava tudo e deixava a madeira brilhando enquanto ouvia música num radinho de pilha.

A mãe coletava a comida num lugar só, chamado supermercado. Cozinhava naquele fogão que não precisava de lenha. E era carinhosa e dedicada como uma mãe.

O pai não fazia roça, não pescava nem caçava. Ele dizia que trabalhava para caçar dinheiro e tudo o que a família precisava era conseguido com aqueles papéis coloridos, como mágica.

O pai também não se pintava com urucum e carvão, não usava adornos de plumas, nem cordinhas de buriti nos pulsos e nas pernas. Não tinha armas e não se reunia com os outros homens no *Warã*. Ele era sem cor e vivia uma vida muito solitária.

Os avós e os outros parentes ele foi conhecendo aos poucos, porque viviam longe, em outra aldeia, em outras casas... Muito estranha era a vida na cidade!

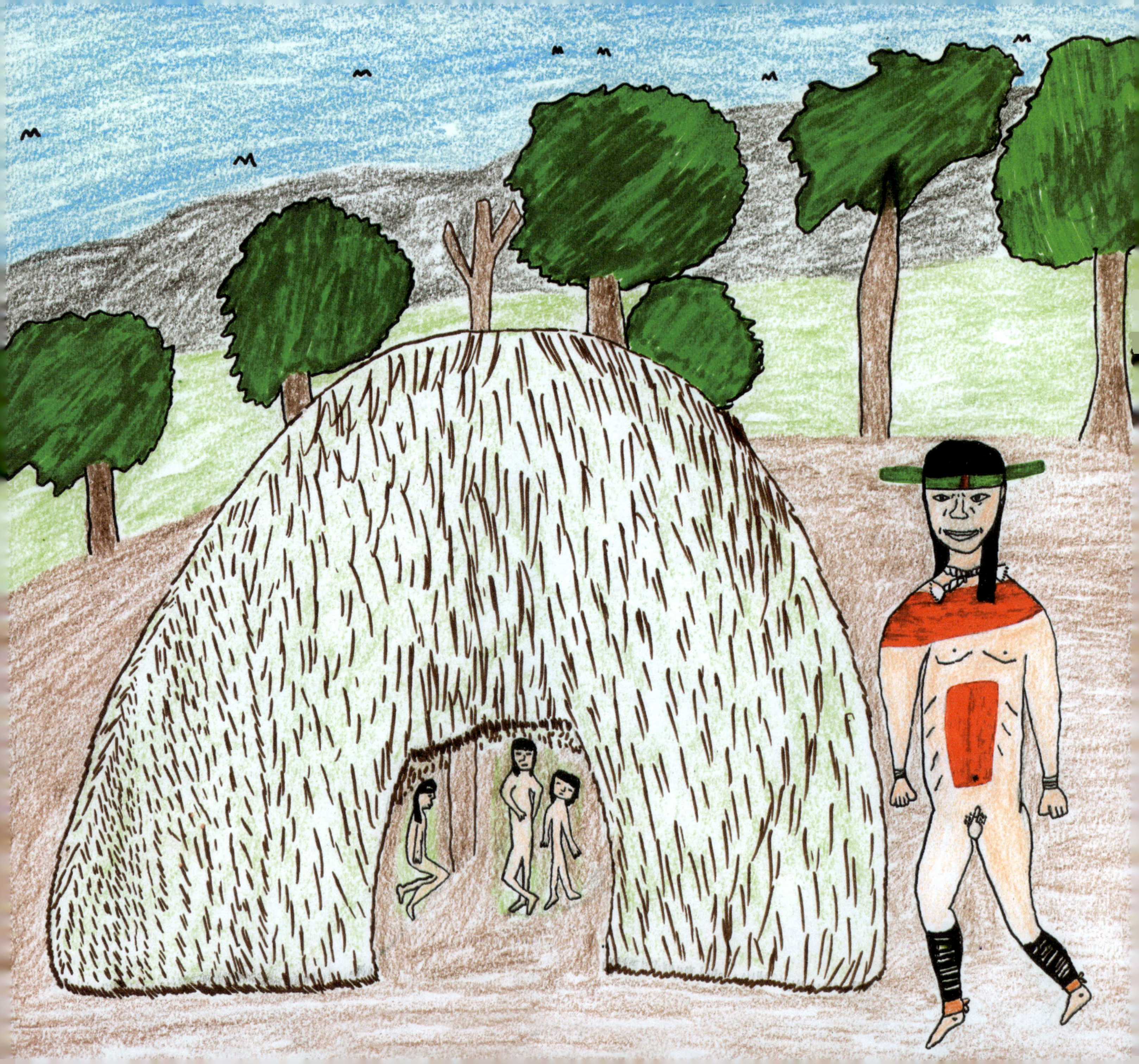

É ASSIM

Devagarzinho Sereru entendeu a grande mudança e aceitou a decisão que a aldeia havia tomado. Ele chorava escondido quase todas as noites, com saudade de sua casa e da família, mas entendia cada vez mais as palavras de seu avô e de seu pai.

Nos sonhos, os ancestrais vinham lhe dar conselhos e explicar o que ele ainda não entendia. Às vezes ele ouvia o canto dos *wapté* na madrugada e o barulho do fogo estalando. A dor já não doía mais no estômago, o coração batia calmo.

Ele conheceu o Natal e a troca de presentes no fim do ano. Viu pela primeira vez a nova família em cerimônia, se preparando para um acontecimento importante, com muita comida, enfeites na casa e nas pessoas, uma árvore com um significado especial, cheia de luzes e pacotes coloridos em baixo. Isso era um pouco parecido com os rituais da aldeia.

Ele quis que seu cabelo fosse cortado no estilo tradicional e pintou seu rosto com o urucum que o pai havia colocado junto a suas coisas. Queria estar bonito para a festa. Já falava um pouco de português e conseguia conversar com a família.

– Pai, gostei da bicicleta que esse outro papai do céu me deu.

– Não é papai do céu, é Papai Noel!

– Mas ele anda no céu, é mágico. E também fica em todas as lojas ao mesmo tempo.

– Esse da loja não é de verdade.

– Mas ele falou comigo! Qual é o de verdade? É o que eu não vejo?

Comemorou o aniversário pela primeira vez na vida, no mesmo dia em que seu irmão Beto comemorava, apagando oito velinhas, pois essa era a idade que a nova família achava que ele tinha. Aprendeu mais sobre as cerimônias dos *warazu*. Ganhou presentes, comeu coisas que agora ele já achava gostosas. A casa se encheu de amigos, de crianças e adultos e ele era o centro das atenções.

No início do ano ele conheceu a escola, um lugar que se parecia com o *Hö,* cheio de crianças da mesma idade e adultos ensinando coisas novas. Ficou perturbado nos primeiros dias porque as crianças o cercavam, cheias de curiosidade. Queriam pegar no seu cabelo, faziam muitas perguntas. Sereru se lembrava das histórias ruins sobre os *warazu* e pensava:

— Essas crianças vão crescer e serão os guerreiros deles. Elas sabem muitas coisas. Eu preciso fazer mágicas também para pacificar as crianças *warazu*. Assim, quando elas crescerem não farão guerra com o meu povo.

Uma professora muito bonita e carinhosa começou a lhe ensinar a escrever as palavras. Desenhos curiosos que tinham um significado, como os desenhos que o seu povo fazia no corpo, imitando a natureza.

Mas ele gostava mesmo era de desenhar do jeito que fazia na aldeia. Era sua mágica de pacificar as crianças. Assim, desenhando sua história, ele conquistava amigos.

Sereru transformava o papel em branco com as imagens que guardava em sua memória. Criava cenas de caçadas no cerrado com antas, tamanduás, jacarés, onças... Desenhava o rio e os peixes que conhecia, a serra do Roncador e os buritis, as casas da aldeia, o *Warã*, as pessoas dançando, enfeitadas nos dias de cerimônia.

Uns meses depois, começou a se encontrar com outros primos que, como ele, também tinham sido mandados para a mesma cidade para estudar.

Era estranho não ficarem todos juntos, numa mesma casa. Mas esse era o costume dos *warazu*. Visitando os primos também aprendeu coisas novas sobre a cidade.

Protodi, seu *iamon* e melhor amigo na aldeia, vivia numa casa enorme, cheia de empregados e muitos carros na garagem. Nos finais de semana eles iam juntos para uma fazenda onde podiam andar a cavalo e nadar num rio de verdade.

Tiro, o outro primo, vivia numa casa pequena e não tinha um quarto só para ele. Dormia numa cama que tinha outra cama por cima, dividindo o espaço com cinco irmãos.

O pai adotivo de Tiro tinha as mãos calejadas. A mãe cuidava da casa sozinha, sem nenhum empregado para ajudar e, como na aldeia, cozinhava, lavava a roupa da família toda, limpava a casa e acompanhava os filhos até a escola.

Sereru gostava muito de visitar essa família. Eles eram alegres, sempre havia música tocando na casa e nos finais de semana preparavam um *jirau*[12] para assar muita carne, como seu povo fazia nas caçadas.

Nesses momentos de encontro, os meninos podiam falar Xavante, cantar juntos, relembrar a aldeia, comentar coisas que aprendiam na escola e nas casas onde viviam.

– Meu novo pai viajou de avião para outro país. Ele me mostrou no mapa para onde foi. Muito longe! Atravessou a água grande e me trouxe presentes diferentes – contava Protodi.

– Eu queria muito conhecer a água grande. Minha mãe disse que um dia vamos viajar para a praia, que é bem longe daqui – sonhava Sereru.

– Que coisa boa... Eu queria ir junto! Minha família *warazu* não conhece a praia. Meu irmão Walter disse que vai começar a trabalhar e vai juntar dinheiro para ir conhecer o mar – afirmava Tiro.

A alegria de Sereru ia voltando aos poucos. A saudade da aldeia era grande, mas ele já se sentia parte desse novo mundo.

Às vezes um dos velhos da aldeia vinha à cidade para visitar os meninos. Dava notícias da família, comentava os acontecimentos, trazia presentes: uma gravata cerimonial nova, feita de algodão colhido e fiado pela mãe, espigas de milho de verdade, colorido e saboroso, coquinhos de babaçu, urucum. Os meninos ficavam fascinados com os relatos, queriam saber de tudo: das caçadas, das festas, dos vencedores da corrida de tora, como tinha sido a pescaria...

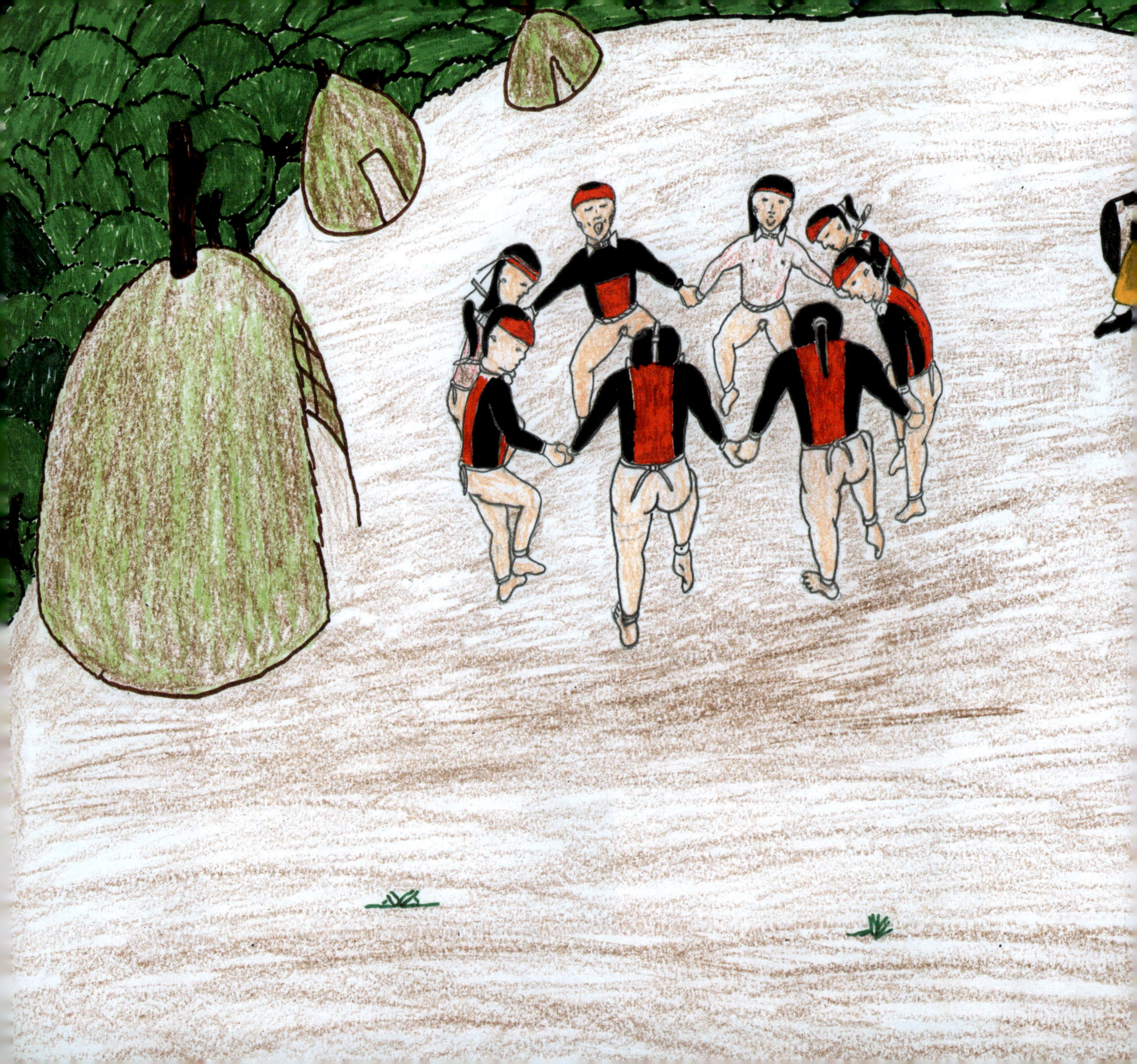

VISITA À ALDEIA

No ano seguinte, nas férias de verão, os meninos Xavante que viviam na cidade voltaram juntos para visitar a aldeia. Júlio, o pai de Protodi, comprou passagens de ônibus e levou todos, e ainda o irmão de criação de Sereru, para passarem dois meses na aldeia. Foi uma alegria!

A longa viagem, de mais de um dia, foi cheia de histórias e expectativas. Os meninos Xavante não podiam parar de falar, misturando português com o idioma da aldeia, excitados com a volta para casa. Beto, o irmão *warazu*, também compartilhava a ansiedade, pois só conhecia a aldeia pelos relatos dos meninos.

O caminhão da aldeia foi buscar o grupo na parada do ônibus, na cidadezinha mais próxima ao território. O pai de Sereru foi junto, para encontrá-lo. Abraçou-o com o choro cerimonial, admirando o crescimento do filho, que não via há um ano e meio.

— Meu filho, que o Espírito da Criação esteja com você. Meu coração doía muito com a sua ausência. Agora estou feliz em vê-lo. Você está grande e forte. Está se transformando num rapaz.

— Meu pai, que o Espírito da Criação esteja com você também. Eu sofri muito de saudades de vocês. E agora estou aqui! Vamos logo, quero ver minha mãe e meus irmãos.

Quando o caminhão chegou à aldeia, todos esperavam no pátio central, ansiosos e felizes. Ao ver os filhos, as mães choraram o choro cerimonial. Os irmãos, tios, avós, todos cercaram os meninos que voltavam pela primeira vez para casa. As outras crianças da aldeia também estavam curiosas para saber como era a cidade, o que eles estavam aprendendo.

Sereru então pegou seu irmão Beto pela mão e o apresentou à sua mãe, ao seu pai, aos avós e irmãos. Foi um momento de muita emoção. Beto não podia entender o que aquelas pessoas falavam mas sentia a emoção deles. A mãe de Sereru falou, e ele, que já dominava as duas línguas, fez a tradução:

— Você é meu filho também, Beto. Seja bem-vindo a nossa casa. Sua mãe foi muito corajosa por deixá-lo viajar para tão longe. Ela deve confiar muito em nós, e saber que vamos cuidar de você como nosso filho verdadeiro, como vocês cuidam do meu filho na cidade.

Depois foi a vez do pai de Sereru falar:

— Eu conheço seu pai e sei que ele está cuidando de meu filho com muito amor. Você é nosso filho também. Espero que você volte muitas vezes à aldeia e que algum dia traga seus pais com você.

Beto ficou muito feliz. Sentia-se seguro entre aquelas pessoas. Ouvia tantas histórias da aldeia, que era como se estivesse de visita a um lugar conhecido, entre amigos.

Sereru não dormiu na casa dos pais. Seguiu para o *Hö*, com os outros meninos que chegaram de viagem para se juntar aos *wapté* que começavam seu período de formação para a furação de orelha.

Eles só ficariam na aldeia por pouco tempo, por isso entraram num "curso intensivo" para aprender tudo o que os outros meninos Xavante tinham aprendido em um ano.

Não era fácil. Os meninos da aldeia eram mais ágeis, mais fortes, mais resistentes. Tinham os pés preparados para andar no cerrado, a pele mais curtida pelo sol. A vida na cidade tinha suas vantagens, sempre muitas novidades e informação, mas não dava o preparo físico e emocional, nem o conhecimento para enfrentar aquele lugar.

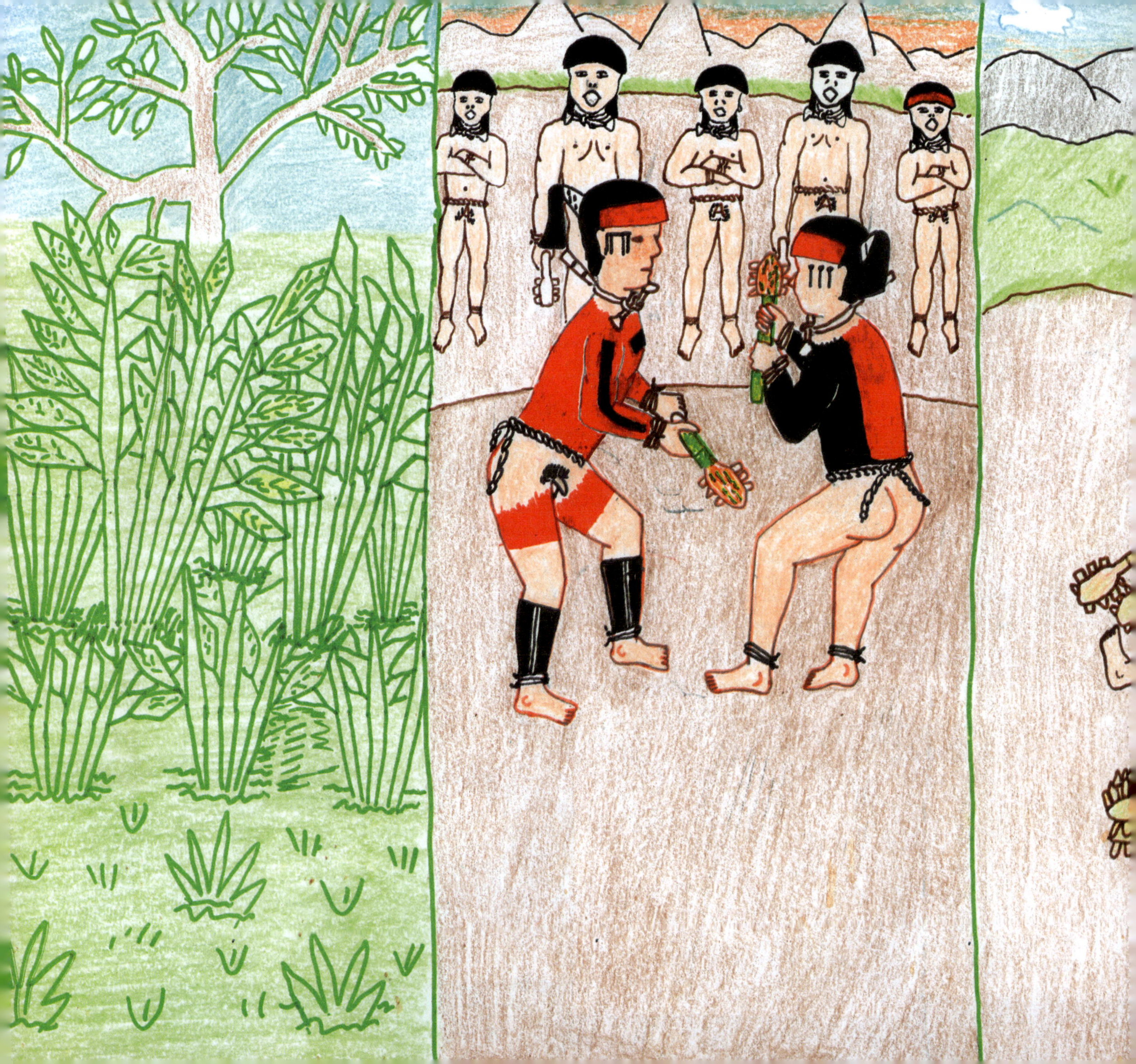

OI'Ó

Na aldeia não houve comemoração de Natal, nem árvore enfeitada, nem presentes trocados... Mas isso não fazia falta. Sereru estava feliz, no lugar que conhecia tão bem, falando sua língua, cantando e dançando com os amigos de sempre, brincando no rio, ouvindo histórias. E agora ele era o professor de seu irmão Beto. Sentia-se orgulhoso em mostrar ao menino da cidade tudo que sabia, as histórias e a cultura de seu povo.

Beto se adaptou rápido aos novos costumes. Dormia numa rede, na casa de Sereru, quentinho, dentro de um saco de dormir. Comia a carne de caça e os peixes, a farinha de mandioca e o arroz sem tempero e não sentia falta de nada da cidade: nem da televisão, nem dos jogos, nem do conforto da casa, nem do banho quente... Tudo ali era tão bom que ele se sentia plenamente feliz... A única coisa que poderia melhorar aquela vida era a comida de sua mãe.

No começo do ano, com o período das chuvas, a aldeia se preparava para a cerimônia do *Oi'ó*[13]. Um momento importante para os meninos pequenos e para as famílias que se envolviam nos preparativos e na torcida. Numa manhã nublada, um grupo de rapazes foi para um local, na beira do rio, para colher a raiz do oi'ó.

Sereru já tinha visto na cidade plantas parecidas com o oi'ó. Já havia contado para o irmão Beto como o pessoal da aldeia preparava aquela raiz, que era parente da bananeira, para a cerimônia de luta. Agora eles estavam juntos, vendo os jovens coletarem as plantas.

As raízes foram limpas e cortadas pelos mais velhos para ficarem com o formato de *clavas*[14]. Uma bebida e um banho especial também foram preparados com a raiz.

— Meus filhos — disse o pai de Sereru. — Eu e seu avô decidimos incluir o Beto na cerimônia do Oi'ó.

— Sereru já conhece a luta — disse o avô — mas você, Beto, precisa saber o que vai enfrentar.

Beto ficou emocionado. Ao mesmo tempo estava feliz e temeroso com o novo desafio.

— Será sua primeira luta. Nós vamos prepará-lo. Você vai beber esta bebida. Ela é amarga, mas vai te dar coragem. Tire sua roupa toda que vamos banhá-lo com as ervas.

O avô de Sereru segurou na mão de Beto e com a outra mão esfregou seu corpo com as ervas. Enquanto isso, falava palavras repetidas, num tom quase cantado. O menino da cidade ficou hipnotizado com os movimentos e o canto daquele homem sábio e gentil que o tratava com tanto carinho e atenção.

Beto estava cansado e dormiu cedo na sua rede, perto dos outros irmãos de Sereru. De madrugada, com a lua alta no céu, o pai de Sereru o chamou. O sono era grande, a preguiça maior ainda, mas quando ele viu os meninos já em pé, animados com os preparativos da cerimônia, pulou da rede e foi se juntar aos outros.

Beto, com o cabelo cortado como um Xavante, recebeu uma gravata cerimonial de algodão e pinturas em preto e vermelho no corpo. No rosto, o símbolo do clã *Porezaono*[15] foi pintado. Ele já tinha um clã e saberia mais tarde que também já tinha um nome Xavante.

Antes de o sol nascer todos estavam no pátio da aldeia, homens, mulheres, crianças pequenas, formando um semicírculo em torno dos meninos que estavam preparados para a luta. Cada clã – *Porezaono* e *Owawê*[16] – de um lado do círculo, cada um com sua pintura e o símbolo do clã no rosto.

A luta começou pelos menores. Meninos de menos de três anos se enfrentavam com as clavas, batendo com firmeza nos braços do adversário, até alguém desistir.

O vitorioso voltava para junto de seu clã e ouvia os elogios dos familiares e amigos. O que perdia era acolhido pela família e companheiros e incentivado a não desistir, a mudar a estratégia da luta e se fortalecer para enfrentar o próximo adversário.

A dor era grande. Às vezes um menino não respeitava as regras do jogo e batia com sua clava na cabeça ou no abdômen do adversário. Ou um outro sentia tanto medo do confronto, que chorava mesmo antes da luta.

Os mais velhos observavam tudo, aprendendo a conhecer cada um daqueles que viriam a ser os guerreiros responsáveis pelo povo

Xavante no futuro. Sabiam quem era destemido, quem era cauteloso, quem era leal e correto, quem quebrava as regras, quem enfrentava o medo e se fortalecia a cada ano, conquistando sabedoria e conhecimento, quem se acomodava na posição de vencedor e acabava vencido.

Assim, a comunidade conhecia cada indivíduo e ajudava no seu caminho de formação, respeitando seus limites e valores e sabendo combinar as habilidades de cada um para fortalecer o coletivo.

Beto foi corajoso e dedicado na luta. Não venceu os adversários, mas não chorou nem reclamou da dor. Conquistou, assim, a admiração de toda a aldeia.

Os meses se passaram e chegou o tempo de regressar para a cidade. Os meninos Xavante se prepararam para nova despedida das famílias e o irmão da cidade voltava para casa falando algumas palavras no novo idioma, com o corte de cabelo tradicional, os pés mais grossos das andanças no cerrado, um orgulho estampado no rosto. Teriam muitas histórias para contar.

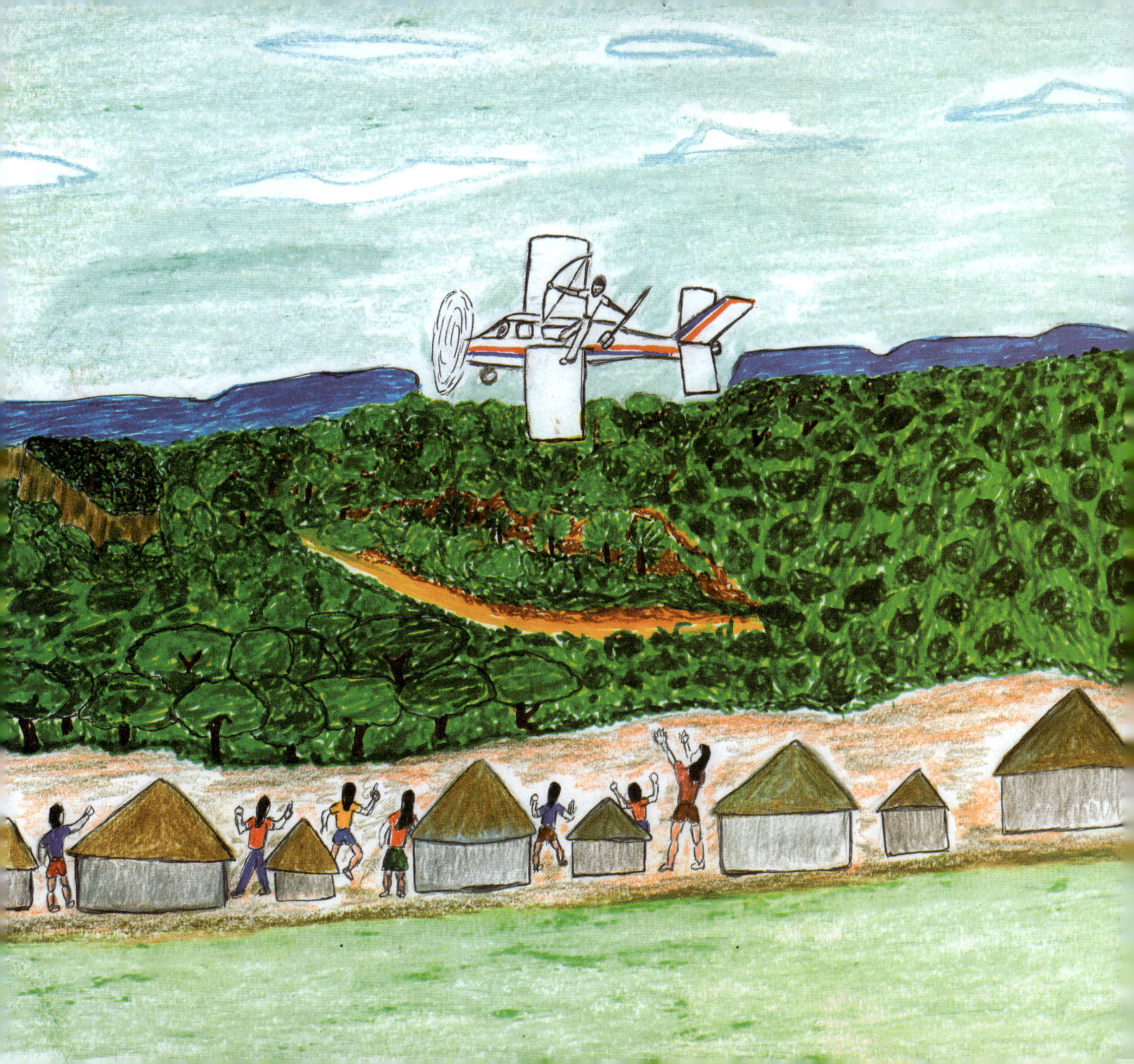

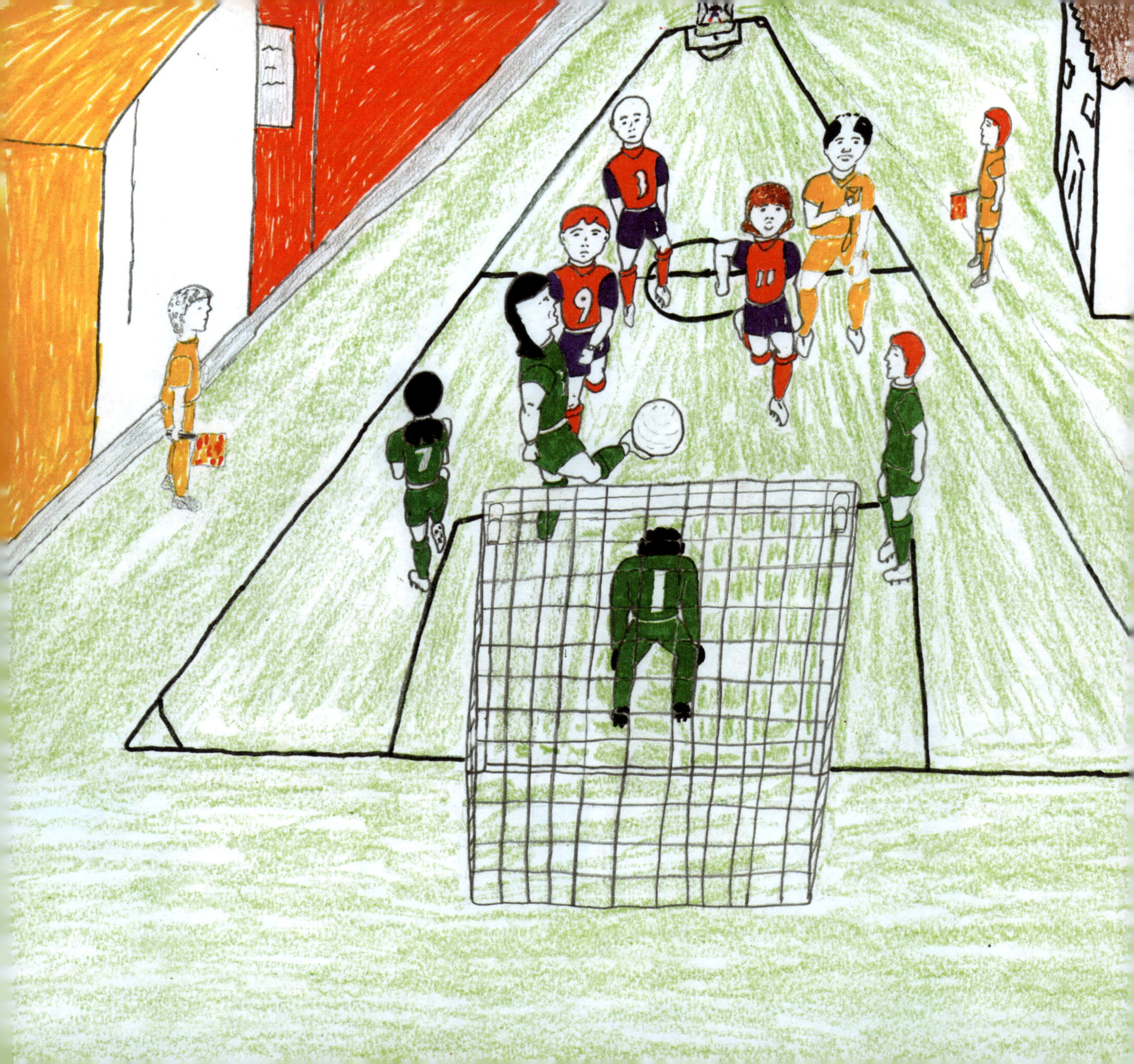

NOVO CICLO

Cinco anos se passaram. Sereru cresceu sadio e forte. Já era um adolescente com cerca de treze anos. Isso é o que se imaginava pelo seu tamanho e pela arcada dentária, porque na aldeia não havia registro dos nascimentos.

Sereru completou o primeiro ciclo do curso fundamental e cursava a 5ª série quando seu tio, que o havia acompanhado pela primeira vez na viagem para a cidade, chegou de surpresa.

Naquele final de ano ele não tinha viajado para a aldeia. A família adotiva resolvera viajar para o Nordeste e ele, que ainda não conhecia o mar, trocou a viagem para a aldeia pelas férias na praia.

Tinha sido uma viagem cheia de emoções e novas descobertas. Pela primeira vez ele tinha viajado de avião, dos grandes e silenciosos, diferente dos que ele conhecia na aldeia. Tinha visto a água grande que conhecia pelas histórias antigas, e mesmo sabendo pelos relatos, tinha estranhado o gosto salgado e o movimento das ondas que nunca paravam.

Sereru ficou feliz por ver o tio, tinha saudade da aldeia, queria saber das novidades, queria falar em seu idioma. Queria também contar sobre seus estudos que estavam indo bem, das notas altas, da mudança de escola, dos novos planos.

— Meu tio, o senhor precisa ir comigo ao campo amanhã. Vai ter um jogo muito importante. Eu sou um bom jogador de futebol. O pessoal diz que eu corro muito e também sou ágil. Cada vez que eu faço um gol, é uma festa só!!

— Fico feliz que você esteja treinando seu corpo e correndo bastante. Você vai precisar disso para a corrida de tora.

— As meninas vão torcer por mim no campo. Ficam gritando "Índio! Índio!" E aí é que eu corro mais ainda... para fazer bonito.

Sereru estava totalmente entrosado no novo mundo. Suas habilidades como jogador o tornavam muito querido e admirado entre seus companheiros. Começava também a se interessar pelas garotas, principalmente as mais velhas que o tratavam de forma muito especial.

O tio contou as novidades da aldeia, brincou com os pais adotivos, com o irmão Beto, que também já estava crescido.

Relembraram a primeira visita à aldeia, da luta de Oi'ó, quando ele ainda tinha uns seis anos.

Depois do jantar, o tio se levantou e tomou a posição tradicional dos discursos. Em pé, com a borduna na mão, com o corpo ereto e a voz grave, ele começou a falar.

— Meu sobrinho veio para cá para estudar há cinco anos. Vocês o receberam muito bem. Cuidaram dele como se fosse seu filho verdadeiro. Nós ficamos felizes com isso. Nós acompanhamos o seu desenvolvimento e o recebemos na aldeia nas férias para que ele aprendesse também sobre nossa tradição. Agora ele já fala bem o português, já entende a vida na cidade. Está na hora de voltar para a aldeia. O grupo dele vai começar as cerimônias para furar a orelha. Ele tem que estar lá. Tem que voltar para conhecer sua futura esposa, para começar a vida de adulto como Xavante.

A mãe Helena não segurou a emoção e começou a chorar. Silvio, o pai, ficou emocionado também e pensou em argumentar:

— Ainda é cedo, ele está indo bem nos estudos, tem alguns anos pela frente para completar o primeiro grau. Tem que ficar aqui e aprender mais para se formar, conhecer uma profissão...

Mas se lembrou das palavras do velho Ahopowen. Ele havia se comprometido com a missão daquele menino e com seu destino de guerreiro, de voltar para a aldeia e defender o seu povo.

Ficou em silêncio um tempo. E depois falou:

— Eu entendo. Da mesma forma que aceitei a missão de educá-lo na cidade, aceito a decisão da comunidade em chamá-lo de volta. Fizemos o melhor que podíamos fazer. Ele é um rapazinho inteligente, curioso e de coração bom. Acho que vai ajudar o seu povo a manter sua tradição.

— Você está certo. Agora é hora de ele completar sua formação na aldeia. Os outros meninos também vão voltar. Eles vão participar da furação de orelhas e seguir seu caminho como A´uwê Uptabi.

— Nós vamos sentir muito a sua falta...

— Vocês podem ir visitá-lo na aldeia. Serão sempre bem-vindos.

— Quando vocês viajam para a aldeia?

— Amanhã mesmo.

Sereru foi para seu quarto. A cabeça ficou de novo cheia de pensamentos confusos. Os sentimentos eram contraditórios e mais uma vez a dor que ele conhecia veio forte para doer no seu estômago.

Ele queria muito ser um guerreiro, ter a orelha furada, correr a corrida de tora, estar com sua família. Ele queria andar pelo cerrado e aprender a ser um bom caçador. Queria receber um canto forte no seu sonho para mostrar para toda a aldeia.

Mas ele gostava também dessa família *warazu*, das comidas gostosas que sua mãe adotiva fazia, dos passeios, do cinema, da escola, do futebol, da televisão, dos amigos. E agora ele teria que deixar isso tudo para sempre. Mudar o rumo da vida de novo.

Essa noite ele também teve febre. A enchente tomou sua cabeça e molhou seu corpo, mas ele não chorou nem chamou ninguém para ajudá-lo.

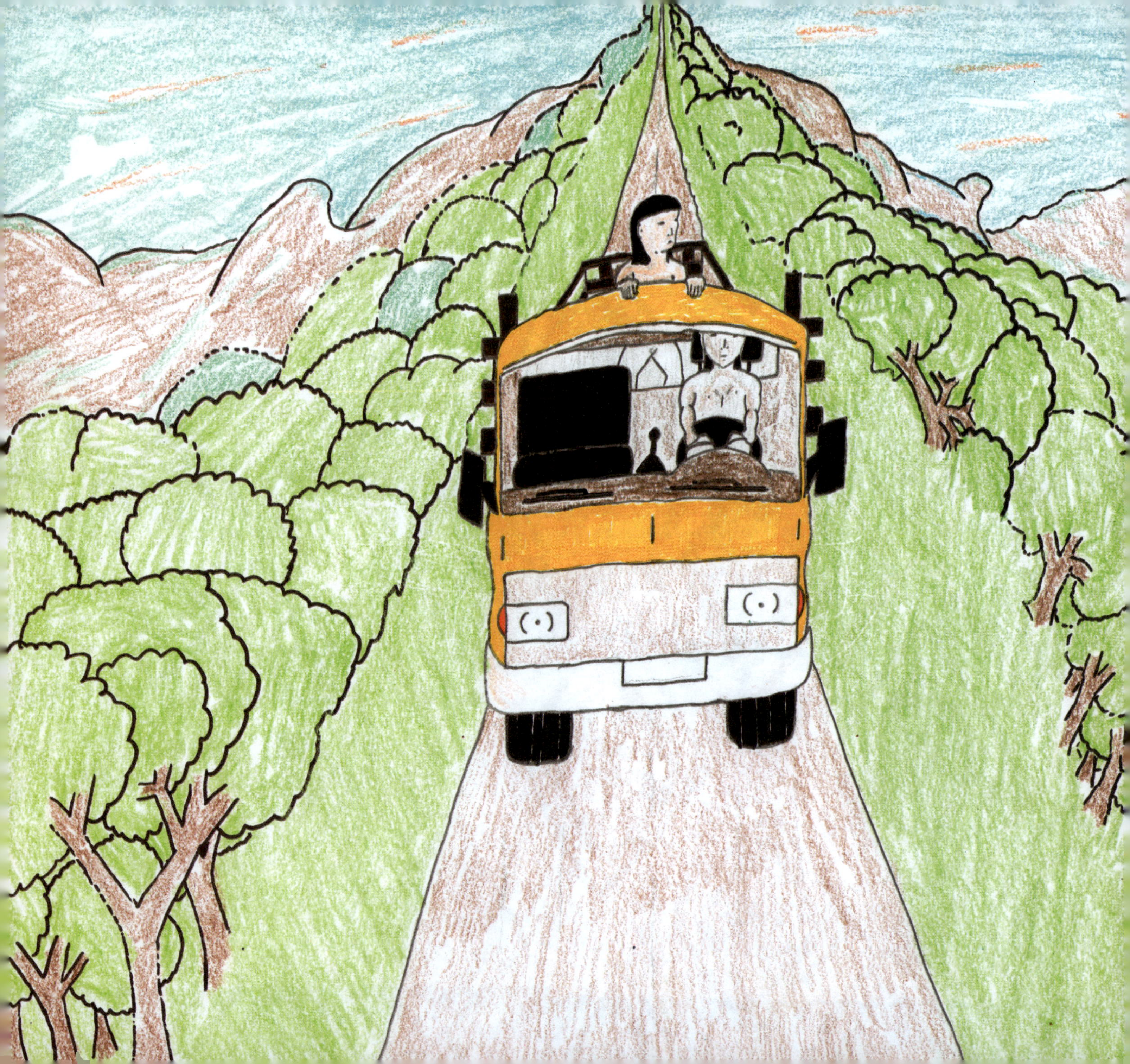

VIAGEM DE VOLTA

Pela manhã, Sereru arrumou a mala com todas as roupas bonitas que havia ganhado, com o uniforme de futebol, a chuteira e os pares de tênis que agora tinha, com os livros de que gostava, com as fotografias da família, dos lugares que conhecera e dos amigos da cidade. Estava triste por partir e feliz por voltar para casa. E não conseguia lidar com esses dois sentimentos contraditórios.

Almoçaram juntos pela última vez. A mãe preparou lasanha e pudim de leite, seus pratos preferidos. À tarde, os pais o levaram com o tio para a rodoviária.

Dessa vez a mãe se afastou antes do ônibus sair da plataforma. Não teve coragem de ver o filho Xavante partir porque sabia que agora não era uma viagem de férias, mas uma viagem definitiva. Ele não estaria mais por perto com seu sorriso largo, com suas brincadeiras. Não elogiaria sua comida, não traria o boletim da escola com orgulho para mostrar as boas notas, não faria comentários curiosos sobre as novidades que aprendia.

O irmão menor nem teve coragem de se despedir. Saiu de bicicleta para andar no parque, como que tentando se afastar daquela situação que não conseguia entender nem aceitar.

O pai tentou ficar firme e disse, com a voz presa na garganta:

– Sereru, você é meu filho de verdade. Esta será sempre sua família. Estaremos aqui pensando em você e desejando que seja feliz na sua aldeia. Quando precisar, estaremos por perto para apoiá-lo. Será bem-vindo sempre que quiser nos visitar.

Sereru abraçou o pai. Um abraço demorado, como que querendo carregar no seu corpo o calor do pai que não veria mais. Olhou a mãe de longe e o coração doeu.

Sereru e seu tio entraram no ônibus em silêncio. A viagem de ônibus foi longa e pesada. Um dia inteiro para chegar ao território Xavante, cruzando o interior de São Paulo até Minas Gerais, depois Goiás e Mato Grosso.

Agora Sereru conhecia os mapas, sabia por onde estava passando e compreendia as mudanças de paisagem. Ficava triste ao ver as matas nativas substituídas por eucaliptos e cana-de-açúcar, o cerrado desmatado, os pastos, as plantações de arroz e soja onde antes havia muitos animais e árvores frutíferas. O tio respeitou seu sofrimento.

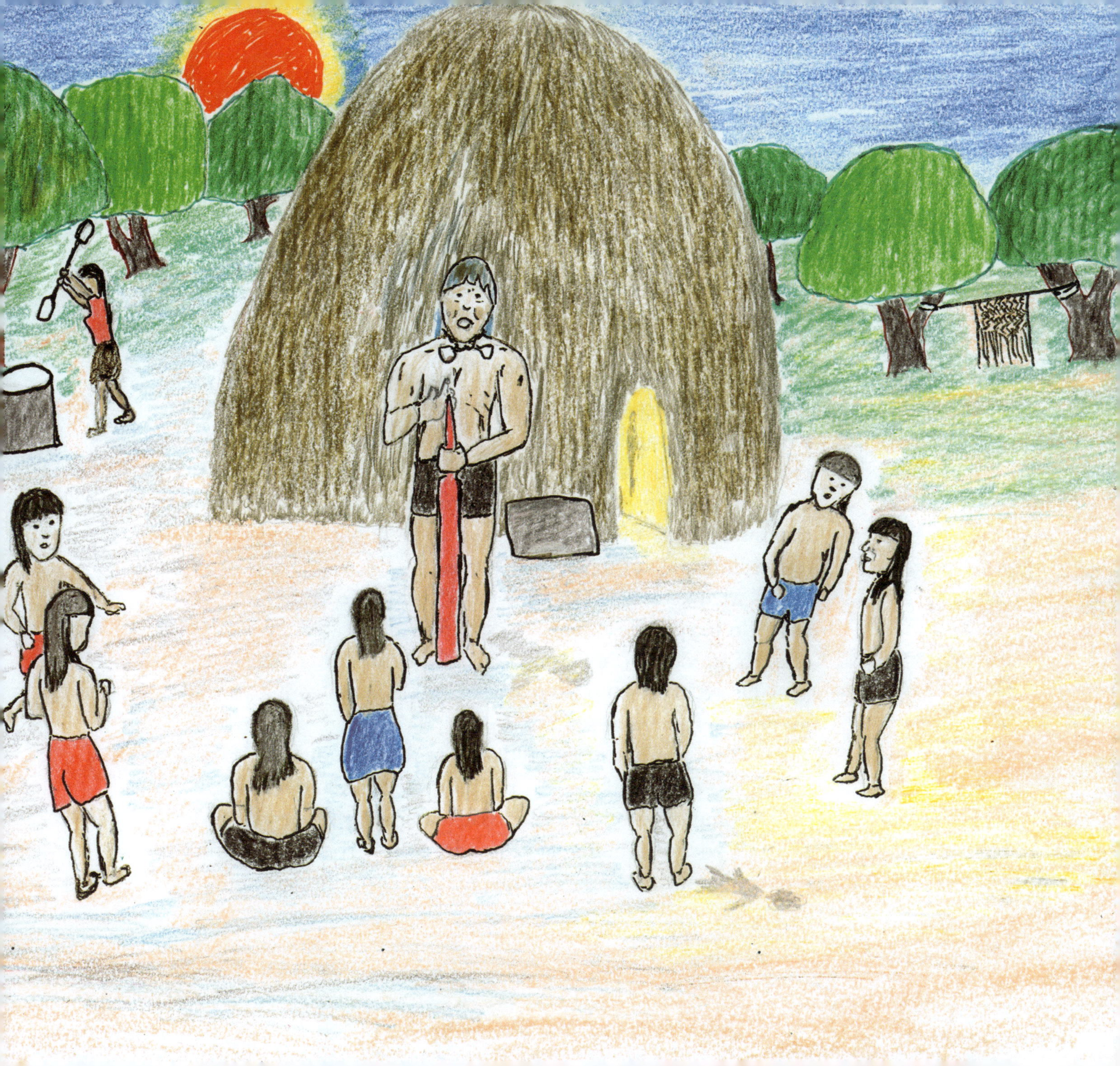

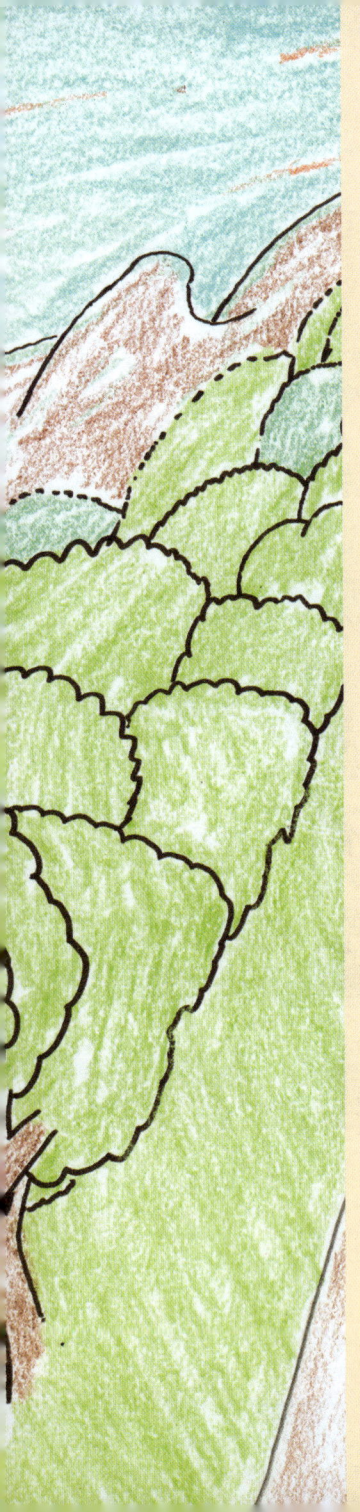

Quando chegaram na parada do ônibus, no vilarejo a cerca de 60 km da aldeia, o caminhão da comunidade estava esperando para fazer o último trecho da viagem. Ele respirou fundo o ar do cerrado e pulou com sua mala para dentro da carroceria do caminhão. Ficou em pé, segurando na cabine, sentindo o vento bater no seu rosto. Viu as araras sobrevoando a serra, viu o tucano, negro e laranja, contrastando com o céu. Brincou com a ema que cruzou a estrada e correu ao lado do caminhão. Ele conhecia aquele lugar. Era parte dele. E seu coração se encheu de alegria.

Quando o caminhão parou no pátio da aldeia, a mãe, os avós e os irmãos vieram correndo e fizeram o choro cerimonial. Todos estavam com saudade e admirados com o seu tamanho. Ele tinha crescido muito no último ano, já era um rapazinho. O avô Ahopowen, responsável pela dura decisão de mandá-lo para a cidade, ainda estava ali, firme nos seus quase 90 anos.

— Meu neto, você está de volta. Meu coração se enche de alegria em vê-lo tão grande e forte. O Espírito da Criação esteve com você esse tempo todo.

De pé, com sua borduna-bengala, ele falava com a voz baixa, mas com a firmeza de sempre.

— Seus pais da cidade cuidaram muito bem de você. Eu estou velho, não tenho muito mais tempo neste mundo e me alegro em ver a primeira parte de sua missão cumprida. O desafio agora é enorme. Você terá muito para aprender com seu pai, seus padrinhos, seus companheiros. Você terá que se dedicar muito para conquistar o tempo que ficou longe dos nossos ensinamentos. Porque o futuro é muito incerto. Os perigos estão à nossa volta. A qualquer momento podemos desaparecer, deixando um vazio no lugar onde havia antes nossa sabedoria e tradição. Você e meus outros netos terão que encarar esse desafio e impedir o fim de nosso povo. Enquanto eu viver, enquanto tiver forças, estarei aqui, trazendo para vocês os ensinamentos que vêm dos nossos ancestrais. Enquanto meu coração bater, vocês ouvirão de minha voz os pensamentos de nossos ancestrais. Porque eu sou A´uwê Uptabi, do povo verdadeiro. Aprendi tudo que sei com meus antepassados e com nossos ancestrais, dentro dos sonhos. E deixo essa herança para as novas gerações. Para que os filhos de meus filhos e os netos de meus netos cuidem deste lugar, para sempre. É assim.

Sereru ouviu o discurso cerimonial de seu avô em silêncio, com a cabeça baixa em sinal de respeito, e as lágrimas brotaram nos seus olhos. De repente, as imagens do sonho que o havia perturbado tanto, anos atrás, voltaram à sua memória. Ele estava no centro do círculo, com outros meninos, com os velhos em torno, e o mundo começava a desabar ao redor. A aldeia desaparecia. Somente eles permaneciam. Então era isso!

Como era da tradição, ele não permaneceu em casa. Depois de algumas horas com a mãe e os irmãos, foi recebido com brincadeiras e provocações no *Hö*.

Ele, assim como os outros meninos que haviam saído para estudar na cidade, teria que ser muito corajoso para enfrentar as duras provas

da cerimônia de furação de orelhas. Seu corpo não estava preparado para o sol quente do cerrado, para as noites frias dormidas ao relento, para o banho nas águas geladas do rio durante a madrugada, para as caminhadas a pé pela mata.

Os adolescentes ficariam muitos dias com o corpo quase todo mergulhado no rio, batendo na água com as mãos fechadas à frente do corpo, num movimento único e harmonioso, que produzia música para os ouvidos dos velhos. O tempo de descanso seria pequeno, para comer e dormir um pouco... Cantariam e dançariam durante horas sem parar, na frente de cada casa da aldeia, os cantos aprendidos nos sonhos. Enfrentariam dezenas de quilômetros ao sol quente do meio-dia, na corrida de maratona. Participariam da corrida de buriti, revezando a tora de ombro a ombro.

Provas que desafiavam o corpo e o espírito para formar o verdadeiro guerreiro.

Mas ele estava disposto a enfrentar tudo e a aceitar todas as condições. A tradição era mais forte dentro dele. Ele era A'uwê Uptabi, como seus ancestrais, ele pertencia ao Povo Verdadeiro.

O POVO XAVANTE

O povo Xavante vive hoje no estado do Mato Grosso, em oito reservas demarcadas. A população total é de cerca de 16 mil pessoas em quase 200 aldeias.

As primeiras referências ao povo Xavante na história oficial do Brasil remetem ao século XVIII, quando um grupo foi aldeado em Goiás. Desrespeitado em seus direitos e descontente com a vida de confinamento, esse grupo se rebela e foge, afastando-se dos lugares povoados. Somente em meados do século XX o povo Xavante volta à cena, quando enfrenta com determinação a ocupação do centro-oeste. Os primeiros contatos pacíficos com o povo Xavante acontecem então no final da década de

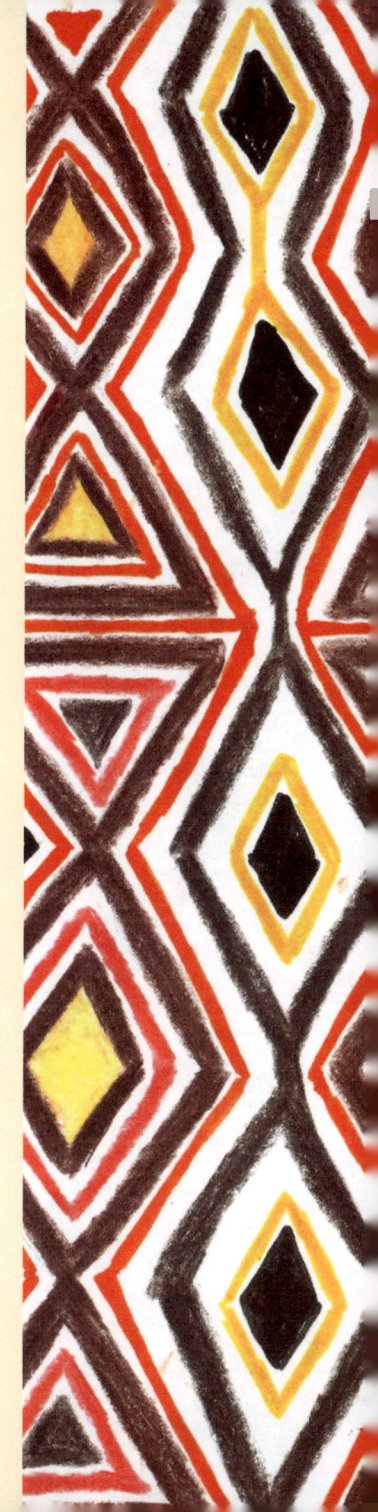

1940, depois de anos de muitos conflitos e mortes. Depois do contato, o povo que vivia numa mesma região do estado do Mato Grosso, próxima ao rio das Mortes, se dispersou formando várias aldeias que somente na década de 1970 começaram a ser regularizadas como território indígena.

Alguns grupos se estabeleceram próximo a missões religiosas e outros se mantiveram independentes. A proximidade com as cidades que se formaram nessa região do país, com migrantes da região sul e as influências da cultura dos *warazu*, determinaram mudanças na cultura Xavante e diferenças entre as diversas aldeias.

As Terras Indígenas de Pimentel Barbosa e Areões permaneceram mais isoladas e mantiveram preservadas a cultura e a tradição.

Notas

1 Buriti – espécie de palmeira típica do cerrado. Nasce nos lugares mais úmidos, à beira de córregos e lagos. É muito importante para o povo Xavante, que aproveita suas folhas e brotos para fazer cestos, esteiras e a cobertura das casas; os talos, para preparar carvão para as pinturas corporais, e os frutos, que são muito apreciados por seu sabor. O tronco da palmeira também é preparado para a corrida de tora de buriti.

2 Wapté – nome dado aos meninos que ficam reclusos por um período de cerca de cinco anos de formação até a cerimônia de furação de orelhas. Nesse período, o contato com a família é esporádico e eles convivem mais com os padrinhos e os velhos da aldeia. Equivalente a adolescente.

3 Iamom – cada menino ou menina na aldeia tem um companheiro da mesma idade e do clã oposto que será sua outra metade para toda a vida. Os iamon estão sempre juntos, nas brincadeiras e nas atividades cotidianas e geralmente decidem os casamentos entre seus filhos.

4 Warã – é o nome do pátio central da aldeia onde acontecem todas as cerimônias e reuniões importantes e também o nome da reunião de todos os homens adultos que acontece todos os dias antes do nascer e ao pôr do sol. No Warã se discutem todos os assuntos de interesse da comunidade e são tomadas todas as decisões, por consenso.

5 Queixada – porco do mato com grandes presas que saem da boca. Andam em bandos muito numerosos e são muito agressivos. Quando assustados batem os dentes fazendo um barulho muito alto e intimidador. Sua carne é muito apreciada pelos Xavante.

6 Babaçu – palmeira muito comum no cerrado, com frutos pequenos e duros que guardam castanhas ricas em óleo. Os coquinhos de babaçu são muito apreciados pelos Xavante que também usam seu óleo para embelezar o corpo e os cabelos e para diluir o urucum para as pinturas corporais.

7 Cabaça – é um fruto utilizado para diversos fins pelo povo Xavante e também por outros povos em vários lugares do mundo. As cabaças servem para transportar e armazenar água. Cortadas, podem servir como copo ou vasilha, ou podem ser usadas para armazenar coisas como sementes, miçangas, penas, etc.

8 Warazu – o estrangeiro, o não indígena.

9 Borduna – arma feita em madeira pesada, em formato de clava. Usada nos conflitos e como objeto de poder nas reuniões, cerimônias e manifestações.

10 Hö – casa tradicional construída numa das pontas do semicírculo da aldeia para abrigar durante cinco anos os wapté – adolescentes que estão cumprindo sua formação.

11 Jaburu – é a maior ave voadora do Brasil. Conhecida também como tuiuiú é a ave símbolo do Pantanal. Ela tem em média 8 kg de peso e a envergadura de suas asas chega a 2,50 m. O corpo é branco, a cabeça e pescoço são negros, com uma base vermelha e o bico enorme é quase negro. Voa muito alto em busca de peixes nas lagoas ou margem dos rios.

12 Jirau – construído com três ou quatro forquilhas fincadas no chão e madeiras formando uma "grelha" por cima, usada para assar carnes e peixes.

13 Oi´ó – cerimônia que acontece no período das chuvas, entre novembro e março. Reúne todos os meninos entre três e doze anos, dos dois clãs – porezaono e owawê – que se enfrentam usando uma clava de raiz da planta oi´ó da família das helicônias.

14 Clava – arma fabricada geralmente com madeira pesada ou pedras e usada desde um período antigo da humanidade nos combates corpo a corpo. Tem um punho, por onde é segurada e uma extremidade mais grossa.

15 Porezaono – é um dos dois clãs do povo Xavante. A palavra significa *girino*, na língua Xavante.

16 Owawê – um dos dois clãs do povo Xavante. A palavra significa *água grande*, na língua Xavante.